攫われ溺愛婚

～みなし子令嬢の旦那様は
十年来のお兄様侯爵でした～

小桜けい

Vanilla文庫

Contents

イラスト／whimhalooo

1　不遇令嬢と唐突な自称婚約者

——一体、私はいつの間に婚約などしていたのだろう？

危機から助け出された安堵と、突拍子もない話への驚きで、エメリーヌは完全に混乱していた。

しかし何度瞬きをしても、立派な馬車の中の座席に座っているエメリーヌの隣には、こちらを見つめて微笑む男性の姿がある。

名門侯爵家の若き当主、アルフォンス・バラデュール。

どうして彼はエメリーヌを婚約者と呼び、迎えに来るなどしたのか……。

わからないまま、エメリーヌはこれまでのことを振り返った。

夏の訪れを告げるような青空の下、本日。エメリーヌの両親が亡くなって一年が経ち、喪が明けた。

エメリーヌは一年ぶりに喪服を脱ぎ、伯爵令嬢に相応しい……いや、夜会に行くのかと思うほどに飾り立てられ、応接間で客を迎えていた。

「おお。憂いを帯びた喪服姿のエメリーヌ嬢も美しかったが、やはり若い女性は華やかな装いの方が似合いますな」

向かいの長椅子に座る、着飾った中年の男性――コルベルが、ニヤニヤとエメリーヌを上から下まで眺めまわしながら言った。

エメリーヌの暗い表情など気にもせず、両脇に座る叔母夫婦が媚びた笑顔で頷いた。

「コルベル様のお眼鏡にかない、本当に幸運な子でございますわ」

「全く、家内の言う通りですな。姪は内気な気質ですので、感激のあまりに声も出ないようです」

言いながら、そっと叔父に脇腹を肘で小突かれた。愛想笑いをするか世辞の一つも言えと要求しているのだろう。

叔母もホホホと笑いつつ、扇の陰から時おり鋭く横目で睨んでくる。

肩口のふんわり膨らんだ流行の型のドレスに、先の尖ったやはり最新流行の型の靴。背の中ほどまである金髪の巻き毛も華やかに結われ、宝石のついたバレッタで飾られている。

華やかな装いは、パッチリと大きな瞳が印象的なエメリーヌの愛くるしい容姿を、いっそう引き立てていた。

十八歳という乙女盛りの年頃ということもあり、豪奢ながら若々しいデザインで装った彼女は、道を歩けば間違いなく誰もが振り返るだろうと思われるほど美しい。

ただし、これらの装いはエメリーヌの望みではない。後見人である叔母夫婦が、姪を少しでも見栄えのいい商品にしようと、借金までして購入したものだ。

そして高価な服飾品はともかく、この日が嫌でたまらず泣き腫らした目元や、心労でやつれて青白い顔の色だって、厚めの化粧でなんとか誤魔化している。

こんな最悪な状態の自分が綺麗だなんて大した審美眼だと、つい嫌味の一つも言いたくなるのを必死にこらえた。

（勝手なことばかり！　……でも、この人たちにつけこむ隙を与えてしまったのは、他でもなく、私なのよね……私の心が弱くて、人を見る目もなかったばかりに……）

己の無力さが悔しい。

目の奥が熱くなり、瞬きをして必死に涙をこらえた。

――エメリーヌは、マニフィカ伯爵家の一人娘だ。

伯爵領は小さいが、穏やかな気候と豊かな土壌に恵まれて農業が盛んであり、税収もそれなりにある。

そんな長閑(のどか)な領地で、エメリーヌは両親に愛され、何不自由なく幸せに育ってきた。

だが、一年前。

十七歳になったエメリーヌが社交界デビューをする直前、両親は不慮の事故でこの世を去ってしまったのだ。

突然すぎる別れに心が追いつかず、半ば茫然自失したまま、一人娘として葬儀を取り仕切ることになった。

葬儀には、貴族の知己(ちき)も多く来てくれた。

物静かで穏やかな父は、社交界で顔が広かったとは言えない。けれど、誠実な性格で親しい相手からは深く親愛を寄せられていた。

優しく賢い母も父を心から愛していて、互いを大切にする、エメリーヌにとって自慢の両親で、理想の夫婦像だった。

その幸せな家族が唐突に消えてしまった衝撃に、とても耐えられなかった。

正直なところ、葬儀の記憶は霞(かすみ)がかかったかのように曖昧(あいまい)だ。

悪夢と現実の境にでもいるような感覚で、弔問客との受け答えも人形のようにぎこちなかったと思う。

それでもなんとか葬儀を終えた後、問題になったのは伯爵家の家督問題だった。

この国では女性に爵位の継承権はなく、相続できるのは当主の息子か、娘の婿に限られる。

そして当主が死亡した時点で家督を継ぐ人間がいなければ、基本的に爵位と領地は国へ返還されるが、救済措置はあった。

未婚でも当主に娘がいれば、その娘が一時的に当主代理と認められる。それから婿をとって正式に家督を譲るか、夫婦にできた子が継ぐなどすれば、爵位を継承できるのだ。

よって父が亡くなった以上、エメリーヌが伯爵家の当主代理となるのだが、不安でいっぱいだった。

伯爵令嬢としての教育は一通り受けていたとはいえ、今までは両親の庇護のもと、田舎でのんびりと平和に過ごしていた。まだまだ世間知らずの箱入り娘だという自覚がある。

そんな折、エメリーヌの後見人に名乗りを上げたのが、父の妹である叔母夫妻だった。

叔母は若い頃に駆け落ちし、実家から縁を切られたと聞く。

そのせいで両親も叔母夫婦について詳しいことは語らず、エメリーヌも会うのは初めてだった。

叔母は、新聞の訃報を見て兄夫婦の死を知ったそうだ。

駆け落ちの直後は日々の暮らしにも困窮したが、現在は事業も順調で忙しくしていたのでちょうど遠方にいて、葬儀に間に合わなかったと詫びられた。

そして、自分は勘当された身だが、エメリーヌの父である兄との仲は決して悪くなく、たった一人の血縁者である自分がエメリーヌの後見人となって支えたいと熱心に言われた。

両親は元から親族が少なく、叔母夫婦も子どもに恵まれなかったらしい。

確かに叔母は、エメリーヌにとって今や唯一の血縁者だ。

普通の状態であったら、急に現れた初対面の相手から後見人に名乗り出られても戸惑ったかもしれないが、当時の自分は冷静な判断などできず、エメリーヌは叔母夫婦を後見人として正式に指定してしまった。

叔母夫婦も王都に家を構えて忙しくしていると言っていたのに、伯爵領まで馬車で半日もかけて、エメリーヌを頻繁に訪ねてくれた。

家族を失い寂しくてたまらなかった心の傷に、叔母夫婦は甘く優しい言葉を繰り返ししみ込ませたのだ。

しかし、頻繁に訪ねてくる叔母夫婦に馴染(なじ)んできたものの、やはり悲しみはなかなか癒えない。

毎日気持ちが沈んで身体がひたすら重く、食事もろくに喉を通らない。

日に日に痩せていくエメリーヌを、幼い頃から仕えてくれている使用人は心から心配してくれていた。料理人も大好物だった料理や滋養のある食べやすい食事を熱心に作ってくれたが、どうしても食べる気力が湧かなかった。

そんなある日。

訪ねてきた叔母が、すっかりやつれたエメリーヌに、思い切った気分転換が必要だと提案してきた。

生まれ育った領地から、伯爵家が王都に所有している屋敷へ、しばらく環境を移してはどうかと言うのだ。

アングレール王国の貴族の子弟は、通常十七歳で社交界デビューをする。

本来ならエメリーヌも十七歳の誕生日を迎えた後で、両親と王都で開かれる知人の宴に参加して、社交界にお披露目される予定だった。

しかし王都に出かける前日、両親は事故で他界してしまった。

家族の不幸があった場合、一年間は喪に服し、華やかな場は避けるのが通例だ。

エメリーヌも年頃の令嬢だから、とっておきのドレスで社交界に出る日が楽しみだったし、年に何週間か家族で王都に滞在し、賑やかな街を歩くのも大好きだった。

でも今はどんな素敵な場所に行ってもはしゃぐ気分にはとてもなれないと思う。両親の眠る地を離れるのにも抵抗がある。

そのように叔母には話したが、愛娘が毎日泣きながら墓参りをするより、悲しい思い出のある場所を少しだけ離れて元気になってくれる方が天国の兄夫婦も安心するはずだと説得された。

実際、生まれ育った領地には幸せな思い出がありすぎて、何を見ても両親と過ごした日々を思い出しては、すぐに目が腫れるまで泣いてしまう。

だから二か月前、思い切って領地を一時離れる決意をしたのだ。

広い庭や離れが幾つもあって一年の殆ど(ほとん)どを過ごす本邸と違い、王都に来た時だけ使用するこぢんまりとした街屋敷は、瀟洒(しょうしゃ)で都会的だけれど常駐する使用人は少ない。

街屋敷を使わない間は、管理人の老夫婦が手入れをしてくれ、必要な時には臨時の人員を雇い入れていた。

明るく気遣いの細やかな管理人が、エメリーヌは大好きだ。

まだ気持ちは晴れないままでも、彼等に久しぶりに会えるのを楽しみにしていたのだが、出迎えたのは全く知らない数名の使用人。

同時に叔母夫婦の態度も豹変し、前の管理人夫婦は追い出したから、ここにエメリーヌの味方は誰もいないと嘲笑(あざわら)うように言った。

それが、地獄の始まりだった。

叔母夫婦の目的が最初から、後見人の立場を利用してエメリーヌの継いだ伯爵家の財産を自由にすることだったのは言うまでもない。

彼等は以前から借金まみれの生活を送っていて、まんまとエメリーヌの後見人になると、伯爵家の財産を借金の返済に勝手に使っていたのだ。

でも、彼らがエメリーヌをわざわざ王都へ連れてきたのは、更なる目的のためだった。

『貴女(あなた)にいい縁談を持ってきてあげたわ。コルベル様は貴族でこそないけれど、とても裕福で素晴らしい方なのだから粗相(そそう)のないようにね』

王都に着いてすぐ、叔母夫婦が豪商のコルベルを屋敷に招待し、強引に引き合わされた。

コルベルは十五歳も年上だが、政略結婚もよくある貴族社会では、この程度の年の差は決して珍しくはない。

事業などで成功して成り上がった平民が、貴族の地位と社交界での人脈を求めて没落した家の令嬢を、金で買うように娶(めと)るのもよくある話だ。

叔母の話によれば、コルベルは下手な貴族よりも裕福で、あとは爵位さえあれば完璧というところらしい。

しかしコルベルは、身なりこそ洗練された上品なものだったが、鼻持ちならない自慢話ばかりで他人を見下す態度にエメリーヌはすぐうんざりした。

何かと理由をつけてはすぐ手を握ろうとしてくるし、舐め回されるような気持ちの悪い視線にも、ひどく嫌悪感を覚えた。

こんな男と結婚するなど、絶対に嫌だ。

ところが、コルベルの求婚は断りたいと言ったら、叔母夫婦に激怒された。

叔母夫婦はマニフィカ伯爵家の財産の殆どを借金返済や投資に使ってしまい、コルベルから融資を受け、今度こそと新しい事業を始めたところ、それもすぐに大失敗したという。

そして、エメリーヌをコルベルに結婚相手として差し出して、伯爵家の婿——つまり彼を正式な当主にするという約束で、借金を帳消しにしてもらう約束なのだそうだ。

コルベルと結婚など絶対に嫌だが、断るのなら既に抵当に入っている王都の屋敷だけでなく、領地の本邸まで売り払わなければいけないのだと詰め寄られた。

叔母夫婦が勝手にした借金なのに、彼等は後見人の立場を利用し『エメリーヌの将来を考えての投資や事業だったのだから、負債は伯爵家が負うべき』と言い張るのだ。

そんなのは無茶苦茶な言い分だとは思うが、残念ながらエメリーヌには知識も自信も足りなかった。

この国では女性は爵位が継げないので、両親は一人娘にいずれ有能な婿を迎えるつもりだった。

よってエメリーヌは淑女教育や社交関連のマナーといった、貴族の妻として夫を支えるための教育は十分受けたものの、法律や経済に関しての知識は皆無だった。

よって叔母夫妻が都合よく言う『後見人の正当な権利』がどこまで本当なのかもはっきりわからないし、屋敷を抜け出したくてもほぼ軟禁状態で許されない。

王都には、両親が生前懇意にしていた貴族も住んでいる。誰かに相談できれば良い知恵を貸してもらえるかもしれないと、手紙を出すことも考えた。

けれど外面(そとづら)のいい叔母夫婦は、エメリーヌは気鬱になっているので安静にさせたいなど、もっともらしいことを言って、上手く誤魔化しているようだ。

新しく雇い入れられていた使用人も、叔母夫婦の命令だけを聞き、エメリーヌを厳しく見張っている。むしろ無力な貴族の娘を嘲(あざけ)り、面白がっている節もあった。

誰にも助けを求められず、エメリーヌはただただ己の無力さを噛みしめることしかできなかった。

唯一の救いは、親の葬儀から一年間は結婚を禁じられていることだった。

そういうわけで、コルベルがニヤニヤと勝ち誇った笑みを浮かべて求婚をしてきても、服喪中であることを理由に返事はできないと断っていた。

時間を稼ぎ、なんとか逃げ出そうと機会を窺った。

だが何度屋敷を抜け出そうとしても、あと一歩のところで失敗してしまい、結局は何もできないまま喪が明けてしまったのだ。


「――それではエメリーヌ嬢。ご両親の喪も明けたのですから、お約束通り結婚の準備を始めましょう」

厭らしいニヤけ顔でコルベルに言われ、エメリーヌは耳を疑った。

喪が明ければ、すぐさま結婚を迫られるのは覚悟していたが、断じてこの男の求婚に承諾などしていない。

「コルベル様。本日もご足労頂きまして申し訳ございません。そして……確かに喪は明けましたが、私は結婚を承諾してはおりません。申し訳ございませんが、喪が明けたとはいえ、とても結婚を考える気にはなれないのです」

嫌悪感をこらえて淡々と告げた途端、左右から叔母夫婦の怒声が飛んだ。

「何を考えている！　いつまでも我儘を言うな！」

「コルベル様のご厚意で、お兄様たちの喪が明けるまで正式な婚約を待ってくださったというのに！」

両脇をぎっちり固められ、二人に大声でまくしたてられて、耳から頭までキーンと痛む。

「っ……そもそも、今回の件は叔母様たちが勝手に……」

「黙るんだ、この恩知らず！」

「あたくしたちが後見人として、どれほどお前のために心を砕いてやったと思っているの！」

もはや音の暴力とも言える大声に必死で耐えていると、コルベルがパンパンと手を打ち、大仰な身振りで叔母夫婦を止めた。

「まぁまぁ、お二人とも。確かに、エメリーヌ嬢からのお返事は頂いておりませんでした。心を込めて求婚しておりましたが、性急すぎたようです」

苦笑交じりに言われた二人は、ようやく怒鳴ったり、エメリーヌの肩を掴んで揺さぶるのを止めた。

「いえ、こちらこそお見苦しい姿を見せましたな」

「ホホ、お恥ずかしい限りですわ」

焦った作り笑いで取り繕う叔母夫婦に対し、コルベルは余裕たっぷりな様子で頷くと、不意に立ち上がった。

「あ……本日はご足労頂きまして……」

案外、あっさり引き上げてくれた。内心拍子抜けしつつ、エメリーヌも慌てて立ち上がろうとした。

コルベルの求婚を拒否しても、叔母夫婦が大人しくエメリーヌを解放するとは思えない。それでも、今はこの場で婚約を強要されなかっただけでもありがたい。

またこれから次の手段を考えよう——そう思っていたのだが……。

なぜかコルベルは部屋の出口ではなく、エメリーヌの背後に回った。

「っ⁉」

両肩を痛いほどに強く押さえられ、立ち上がれなくなる。

「では、求婚に色よいお返事を頂けるよう、今からエメリーヌ嬢には私の気持ちを改めてよく伝えたいと思うのですが……」

背後から囁かれた、ねっとりした声の気味悪さに、全身の毛が一気に逆立つのを感じた。

「それはいいお考えですわ。後見人のあたくしたちが認めたお相手ですもの。何も問題はありませんわよねぇ、あなた？」

「その通りだ。コルベル殿。私どもは席を外しますので、どうぞごゆっくり」

叔母夫婦が、何かを察したかのような下品な笑みを浮かべて、コルベルへ頷いて見せる。

そして彼らはさっと長椅子から立ち、部屋を出て行った。

「えっ、あの……」

　急いでエメリーヌも立ち上がろうとしたが、肩を押さえたまま横に座ってきたコルベルがそれを阻む。

「せっかく二人きりでお話ができるというのに、どこへ行こうというのですか？」

　薄笑いを浮かべて言った男の目には、獲物を狙う獣のようなギラギラした欲望が宿っている。

「っ！」

「エメリーヌ嬢……愛していますよ」

　耳元で囁く気味の悪い声に、ゾワッとまた鳥肌が立った。

（まさか、最初からそのつもりで！）

　婚約者でもない男性と密室に二人きりになるなど、本来ならばマナー違反だ。

　けれど、叔母夫婦は後見人という立場を利用して、この部屋に監視役を置かずに放置した。

　つまり、既成事実を作って無理やりにでも結婚を了承させようということなのだ。

「おやめください！」

　覆いかぶさってくる身体を押しのけようと必死にもがくが、あっという間に組み敷かれてしまった。

ドレスの胸元に手がかかり、強く引っ張られる。真珠貝のボタンが弾け飛び、コルセットが露にされる。羞恥と凄まじい恐怖に襲われ、頭が真っ白になった。

「嫌ぁっ‼」

無我夢中で手を振り回すと、偶然にも爪がコルベルの目元を引っ掻いた。

「うぐっ！」

卑劣な男はうめき声をあげてエメリーヌを押さえる手を離した。

両手で顔を覆うコルベルをとっさに押しのけ、エメリーヌは必死で逃げようとする。

たとえ部屋の外に出られても、叔母夫婦や使用人に捕まるだろうということに考えが及ぶ余裕もなかった。

頭が真っ白で何も考えられない状態だったからこそ、本能的に抵抗することができたのだろう。

「優しくしてやればつけ上がりやがって！　これからたっぷり躾け直してやる」

エメリーヌは扉に向けて走り出そうとしたが、ドレスの袖口を摑まれた。

振り向くと、目を血走らせたコルベルが恐ろしい形相で睨んでいる。

「来い！」

怒鳴られながら、袖を引っ張られる。

「離して！」

渾身の力を込めて振り払おうとした時、ドレスの膨らんだ肩口から、ビリッと大きな音がして生地が破けた。

反動でコルベルは後ろにひっくり返り、エメリーヌもよろけて転んだ。

「きゃっ！」

盛大に転げたものの、床には厚い絨毯が敷かれているので大して痛くはなかった。

だが恐怖に全身が震えて、腰が抜けてしまったようだ。

早く逃げなければと気持ちは焦るのに、手足に力が入らず、呼吸も上手くできない。

ハァハァと荒く息をし、なんとか立ち上がろうと必死にもがいていた時、応接間の扉が勢いよく開いた。

「っ！」

一瞬、叔母夫婦が物音を聞いて戻ってきたのかと絶望したが、予想は外れた。

「エメリーヌ！」

そう叫んで駆け込んできたのは、この屋敷では見たことのない長身の男性だった。

彼は、破れたドレス姿のエメリーヌと、取れた袖を握っているコルベルを交互に見やり、鋭い眼光をいっそう険しくした。

「エメリーヌのためにと、この日まで会うのも控えていたのに……悲鳴が聞こえてまさかと思ったら、こんな事態になっているとは……っ！」

うめくように発した彼の言葉に、エメリーヌは目を丸くした。

（……誰⁉）

二十代の後半と言ったところだろうか。

黒髪はすっきりと短く整えられ、精悍ながら整った目鼻立ちと均整の取れた長身に、品のある落ち着いた色合いの礼服がよく似合っている。

ただ、猛禽類を思わせる鋭い目つきと、ビリビリと肌を刺すほどに伝わる凄まじい怒気が、彼をひどく迫力のある男性に見せていたのも事実だ。

幼い頃から両親に溺愛されて育ってきた箱入り娘のエメリーヌは、自分でも嫌になるくらいに打たれ弱く、臆病だ。

だからこそ両親を失った後、心の傷を自分一人で癒せず他人に縋った。

その結果、血が繋がっているというだけの理由で叔母の本性に気付くこともなく後見人にしてしまい罠にはまり、高圧的になられても毅然とした態度が取れずにいる。

しかしなぜか、コルベルは腰を抜かすほど怯えているのに対し、この表情を険しくした男性に、エメリーヌはまるで恐怖を感じていない。

彼が何者で、なぜここに現れたのかはわからない。

だがとにかく、彼の登場により、コルベルに無理やり貞操を奪われるという危機から脱却できたのは確かだ。

そして目先の危機をひとまず回避できたという安堵感だけではなく、乱入してきた男性からは、なぜか言いようのない安心感と懐かしさを感じた。

（どこかでお会いした覚えがあるような気がするのだけれど……あっ！）

長身の男性をまじまじと見上げ、彼と目が合った瞬間にハッとした。

（そうだ。お父様とお母様の葬儀に、自ら馬を駆って駆けつけてくださった方だわ！）

切れ長で鋭い、夜明けの空を思わせる群青色（ぐんじょういろ）の瞳——この美しい色合いの瞳に、とても真摯な眼差しを向けられた時のことが、脳裏に蘇（よみがえ）る。

悲しくて、悲しくて。現実を受け止め切れなくて、全ての記憶を曖昧に濁した、あの日。

魂が抜けた人形のように呆然としながら、墓地に埋められる両親を見送った、葬儀の日だった。

鉛色（なまりいろ）の空から小雨が降り、いっそう悲しく暗い雰囲気を醸し出していた葬儀のさなか、突然馬の駆けてくる音が響いた。

驚いて墓地の入り口を見ると、全身びしょ濡れの男性が、大きな馬から降りるところだった。どうやらこの悪天候の中を、馬車にも乗らず急ぎで駆けつけてくれたようだ。

男性は馬を教会の者に預けると、両親が埋葬されたばかりの墓を泣きそうな顔で見つめ、弔意を示す礼を取った。

そしてエメリーヌに向き直ると、力強くも優しい声で励ましてくれたのだ。

『決して君を一人にはしない。君さえよければ、喪が明けたら迎えに行こう。いつでも俺を頼ってくれ』

確か、そう言われたような覚えがある。

目つきは鋭く厳しそうな顔立ちでも、その真摯な眼差しからは、エメリーヌをとても気遣ってくれている雰囲気が伝わってきた。

葬儀に参列してくれた人々は、故人の死を悼み、エメリーヌについても随分と心配してくれた。

何しろ、貴族令嬢は二十歳までに良縁を得ることが理想とされている。

幼少の頃から許嫁などが決まっていなければ、十八歳で社交界デビューをした令嬢は、そこから二年の間あちこちの集まりへ顔を出し、出会いを求めて躍起になるのが常だ。

しかしエメリーヌはこれから一年の間は喪に服し、華やかな場を避けなければいけない。

同じ歳の令嬢たちより一年遅れての婚活は圧倒的に不利である。

その時のエメリーヌとしては結婚や社交界のことなど考える余裕もなかったが、両親は亡くなり兄弟もおらず、そのうえ結婚までできなくなったら悲惨だと、周りは考えたのかもしれない。

エメリーヌが社交界デビューをする予定だったパーティの開催者や他の両親の知人は、喪が明けたら改めて招待しようと、親切に言ってくれた。

馬で駆けつけてきてくれた男性も、ずぶ濡れでマントも泥だらけにはなっていたが、貴族と思しき態度と言葉で、エメリーヌを気遣う言葉をかけてくれたような記憶がおぼろげにある。

『ありがとうございます。またお会いできる日を待っています』

——と感謝をした気はするが、大きすぎる悲しみに押し潰されて、男性のことは今まですっかり忘れていた。

「あの……貴方は、確か……」

気まずい思いでおずおずと彼の素性を尋ねようとした途端、彼の顔がパァっと輝いた。

鋭い目にも先ほどまで満ちていた殺気は跡形もなく、まるで大切な相手と再会できたかのように破顔している。

「そう、俺だ。エメリーヌ！　会いたかった！」

嬉しそうに彼が言った時、血相を変えた叔母夫婦が転がるように応接間に飛び込んできた。

「バラデュール侯爵閣下！　ど、どうかお待ちを！」

「お願いです、私どもの話をお聞きください！」

蒼白になった彼らが叫んだ名に、耳を疑った。

——この方が、バラデュール侯爵⁉

バラデュール侯爵家といえば、王室ともゆかりの深い、由緒ある家系だ。

エメリーヌの両親はゴシップ記事を楽しみはしなかったが、貴族の嗜みだと王都の社交新聞を取り寄せ、必要な情報収集はしていた。

だから社交界に出ていなかったエメリーヌでも、バラデュール家の現当主アルフォンスの名前は知っていた。

彼は確か、今年で二十八歳。ちょうど自分より十歳年上だったから覚えている。

数年前に十代にして爵位を継ぎ、王太子の右腕としても活躍しているらしい。

しかし、有能で家格も高く容姿も凛々しい侯爵が、未婚の令嬢たちの憧れの的だとほめそやす新聞記事に納得はしたものの、自分もお近づきになりたいと夢見たりはしなかった。

マニフィカ伯爵家は古い歴史を持つ家とはいえ、昔から目立つ存在ではない。

謹厳実直を家訓とし、自然が美しく豊かな土壌を持つ領地を堅実に守ってきた。いわゆる田舎貴族だ。

父も母も、領民が安定した生活を送れるのが一番大事だという考えで、適度に社交はするけれど、娘を名家に嫁がせて家格を上げようとするような野心家ではない。

むしろ両親の口ぶりから、有力貴族とは関わりたがっていないような気がしていた。

バラデュール侯爵家や現当主のアルフォンスについて、特に何か言われた覚えもない。だから葬儀で、彼の正体に気付くこともなかった。

もしかしたら名乗ってくれたのに、茫然自失していたあの時の自分が聞き逃していたのかもしれないが……。

「あたくしたちはエメリーヌから何も聞かされていなかったのです！　まさか既に、貴方様と婚約をしていたなど……っ！」

叔母夫婦が絨毯に額を擦りつけるようにして跪き、エメリーヌはまたもや耳を疑った。

「……っ⁉」

驚きすぎて声も出ない。

――私と、侯爵閣下が婚約⁉

どうしてそんなことになっているのか、全く意味がわからない。

陸に打ち揚げられた魚のように無言で口をパクパクと開閉させる。

思わずバラデュール侯爵を見上げると、宥めるような微笑みを返された。

「もう心配はいらない。おおかた、この下種ども（げす）に問答無用で結婚を強要されたのだろう？」

「え、ええ……」

戸惑いながら、頷く。

問答無用で結婚を強要されたのは、確かに間違いではない。今こうして窮地を救ってくれたことにも心から感謝している。

とはいえ、バラデュール侯爵と婚約した覚えもないのだけれど……。

「ご、誤解ですわ！　あたくしどもは愛する姪に酷いことなどしておりません！　コルベル様に引き合わせたのも、エメリーヌを王都に連れてきても引き籠ってばかりで不憫だと相談し、お話し相手になってくださったのが発端です。紳士的な方でしたのに、今日は突然二人きりにさせろと言い出しまして……」

どうやら叔母にとって、コルベルからの資金援助より、バラデュール侯爵の機嫌の方が大事なようだ。

「それは勿論、いくら紳士的な御方とはいえ、まだ正式な婚約も交わしていない姪と二人きりにさせるなど戸惑いましたわ。ですが、コルベル様は誓ってお話をするだけだと仰います し、エメリーヌもそれならと了承いたしました。あたくしたちもそのお言葉を信じて許可しましたのに……うぅ……まさか未婚の姪を手籠めにしようとするなど……」

叔母は掌を返したようにベラベラと勝手な嘘を並べ、コルベルに責任を擦りつけ始めた。

「なんだと⁉　この娘を差し出す代わりに、借金に加えて今後の援助まで図々しく強請ってきたのは、そちらの方ではないか！」

当然ながらコルベルは、ワナワナと身を震わせて反論する。

しかし叔母に嘘の証言をされ、ある意味では濡れ衣を着せられたのかもしれないが、エメリーヌを襲おうとしたのは事実だ。あまり同情はできない。

「まぁ怖い！　無垢な女性に襲いかかった男の言葉など、とても信じられませんわ。そう思われませんか、侯爵様？」

叔母が大袈裟に眉をひそめ、媚びた上目遣いでバラデュール侯爵を見上げる。

「貴様ら……っ」

激高したコルベルが叫ぼうとした時だった。

「全員黙れ」

決して大きな声ではない。しかし怒りに満ちたバラデュール侯爵の静かな声と、いっそう冷たくなった視線が、それを遮った。

完全に気圧されたらしいコルベルは勿論、叔母夫婦も血の気の引いた顔で、声も出せず口をハクハクさせている。

「とにかく今は彼女を保護するのが先だ。詳しい話はまた後で聞いてやる」

バラデュール侯爵はそう言って屈み込むと、自分の上着を脱いで、ドレスの袖が破れてしまったエメリーヌの肩にかけてくれた。

そして、まだ腰が抜けていたエメリーヌを軽々と抱き上げた。

「っ⁉」

唐突な浮遊感に、とっさに彼の首に両手を回してしがみついてしまう。

すると、こちらを向いたバラデュール侯爵が険しかった表情を一変させた。エメリーヌを抱える彼の大きな手に、ぎゅっと力が込められる。

「さぁ、早く行こう。このようなところに長居は無用だ」

声音まで別人かと思うほど、明るく弾んでいる。

「え？　あの……」

一体、どこに行くのだろう？

しかしそう尋ねる前に、彼はエメリーヌを抱えたまま、スキップでもしそうな弾む足取りで歩きだす。

訳がわからないまま首を巡らせ、チラリと振り返ると、叔母夫婦とコルベルがあんぐりと

口を開けて目を丸くしているのが見えた。

無理もない。

エメリーヌもつい先ほどまで、バラデュール侯爵の恐ろしいほどの殺気を肌で感じていたのだ。それは自分に向けられたものではなかったが、それでもこの変わりようには戸惑う。

だがこのまま叔母夫婦の下に残っても、最悪な事態にしかならないのは確かだ。

玄関ホールの付近には、騒ぎを聞きつけた使用人たちが興味津々といった様子で集まっていた。

叔母が勝手に雇ってきたこの使用人たちは、基本的に性格が悪く、礼儀も弁（わきま）えていない者が殆どだ。

安い給金でこき使われているのだからと仕事は雑な上に、エメリーヌは軟禁中に散々嫌がらせも受けた。

そんな彼らだからこそ、雇い主が平身低頭していた相手であるバラデュール侯爵にも、平気で不躾（ぶしつけ）な視線を向けてヒソヒソ囁き合うなんて真似ができるのだろう。

バラデュール侯爵は、彼らをチラリと不快そうに一瞥したが、何も言わずにさっさと屋敷を後にして正門に向かう。

門前には、見たことのないほど立派な馬車が停まっていた。

初老の御者が、エメリーヌを抱えたバラデュール侯爵を見ると、優雅な仕草で馬車の扉を開ける。

バラデュール侯爵は身を固くしているエメリーヌを、そっと馬車の中に座らせた。

広々とした馬車の中には、ふかふかのクッションやブランケットが積まれ、乗り物酔いを防ぐハーブの心地よい香りが車内に漂っている。ビロード張りの座席はうっとりするほどに手触りがよく、座り心地もとてもいい。

エメリーヌの家だって、田舎貴族とは言ってもそれなりにいい馬車を所持していたが、この馬車とは比べものにならない。

しかし、先ほどまで絶望のどん底にいて人生最大の危機におちいっていたのに、物凄く都合がよく助けが来てこれほど丁重に扱われるなんて。

いくらなんでも現実離れしている。

夢でも見ているのではないかと、頭がぼんやりしてきた。

「すぐに馬車を出してくれ」

本当に夢なのかなと綺麗な馬車の中を眺めていたが、隣に乗り込んだバラデュール侯爵が御者へそう告げるのを聞き、ハッと我に返った。

肌に触れる男性物の上着の感触や、優しく肩を抱いて気遣わしげにこちらを見つめるバラデュール侯爵の姿は、やはり夢だとは思えない。

「バ、バラデュール侯爵閣下……先ほどは助けてくださってありがとうございました」

どう切り出したものかとおろおろしつつ、まずは礼を言った。

「君を守るのは当然だ。それよりも俺たちは婚約者同士なのだから、堅苦しい呼び方は止めて、アルフォンスと呼んでくれ」

「ですが……」

どうしてだかわからないが自分はやはり、婚約者として彼の中では確定されているようだ。

バラデュール侯爵――アルフォンスの、まるで愛しくてたまらない相手を見るような笑みにますます戸惑う。

視線を彷徨(さまよ)わせていると、アルフォンスが小さく首を傾げた。

「ん?」

しかし彼はすぐ、何か察したように屋敷の方を振り返り「ああ」と頷いた。

「新居には身一つで来てくれて大丈夫なように準備しているが、すぐ持っていきたいものがあるのなら、俺が取ってこよう。もう一秒たりとも、エメリーヌにあの不快な者たちと接してほしくない」

――違う。そうじゃない。

叔母夫妻の下に戻りたくないのは確かだが、なんというかこう……根本的に意思の疎通ができていない気がする。

「お気遣いありがとうございます。ここから持っていきたい物は特にないのですが……」

何がどうなって高名な侯爵がエメリーヌと結婚する気になっているのか知らないが、大きな誤解か話の行き違いでもあるのだろう。

そんなことを考えていると、叔母たちの金切り声が聞えた。

「侯爵閣下！　どうかお待ちを！」

「エメリーヌ！　貴女に少し厳しすぎたのは謝るわ！　だから閣下にあたくしたちを怒らないよう、とりなしてちょうだい！」

二人は必死の形相で、どこまでも自分勝手なことを喚（わめ）いている。

反射的にビクリと身を震わせると、肩に回された腕に少し力が籠った。

「大丈夫だ。俺が傍（そば）にいる限り、君に指一本触れさせない」

「っ……」

優しく落ち着いた声が、泣きそうなほどの安堵をくれる。

身に覚えのない婚約について彼に問わなければと思うのに、上手く声が出ない。助けてほしいと心で叫び、怯え切った子どもみたいに大泣きしてしまいそうになるのをこらえる。

気づけばエメリーヌはきつく目を瞑（つむ）り、縋るように彼の上着の袖を握りしめていた。アルフォンスが再度合図を送ると馬車は動き出し、エメリーヌを呼び止めようとする耳障りな声が遠くなっていく。

やがてその声は聞こえなくなり、馬の蹄の音と車輪の軽快な音だけが聞こえるようになった。

緩やかな振動と、隣に感じる温もりの心地よさに、次第に瞼が重くなる。

思えば、閉じ込められていたこの二か月間というもの、気の休まる暇がなくろくに眠れなかった。

心身ともに限界だったエメリーヌは、自分でも知らないうちにうつらうつらと夢の世界に旅立っていった。

2　侯爵邸と過去の記憶

夢の中で、エメリーヌは幼い頃に戻っていた。

空はよく晴れ渡っているようなのに、全てが白っぽくぼやけて、はっきりとは見えない。

庭の東屋（あずまや）で、母が一人の貴婦人とお喋りしているが、あれは誰だったのだろう？

二人から視線を外して辺りを見渡すと、自分が誰かと手を繋いでいるのに気づいた。

背の高い少年のようだ。

よく知っている人のような気がするのに、やっぱり彼の姿も陽炎（かげろう）のようにぼやけて、はっきりとは見えない。

もっとよく見ようと、背伸びをして少年の顔を見つめると、彼がこちらを向いた。

ぼんやりとした曖昧な世界の中で、夜明けの空を思わせる群青色の瞳が、不意にはっきりと見えた。

『お兄様……』

ごく自然に、そんな言葉が口から出た瞬間、エメリーヌはハッと覚醒した。

馬車が止まったのだ。

「……？」

いつの間にかアルフォンスの膝に頭を乗せて眠っていたことに気付く。

「っ!!　も、申し訳ありません！」

一気に眠気が吹き飛び、急いで身を起こして彼から離れた。

いくら疲れていたとはいえ、侯爵閣下に膝枕をさせていたなんて、とんでもない無礼だ。

しかしアルフォンスは咎めるどころか満面の笑みで、ポンポンと自分の膝を叩いた。

「疲れているのなら、ゆっくり休めばいい。屋敷までは俺が抱えていこう」

両手を広げて『さぁ！』とばかりに促され、エメリーヌは慌てて首を横に振った。

「いっ、いえ！　十分に休ませて頂きましたので、大丈夫です！」

「そうか……」

心なしか残念そうにアルフォンスが呟き、手を引いた。

ホッとしてから、窓の外へ視線をやると、馬車は見知らぬ立派な屋敷の前に着いていた。

いかにも歴史と風格を感じさせる雰囲気の屋敷だ。

「あの……こちらは？」

一応尋ねると、アルフォンスから予想通りの答えが返ってきた。

「我がバラデュール家の街屋敷だ。俺は城勤めをしているので、領地の本邸は人に任せて、今はここに住んでいる」

そう言って屋敷を見上げたアルフォンスの目はどこか寂しげで、気の休まる我が家に帰ってきたという感じには見えなかった。

しかし、すぐに彼は屋敷から視線を戻し、エメリーヌへ優しい微笑を向ける。

「これからは君が、この屋敷の女主人だ。使用人も信頼の置ける者を厳選しているので、遠慮なくなんでも申し付けてくれ」

「あっ、あの……そもそもなのですが……」

アルフォンスが何かの間違いでエメリーヌを婚約者だと思い込んでいるのなら、馬車の中で二人きりの今が、誤解を解く絶好の機会だ。

どんな事情があったか知らないが、勘違いを指摘されても、他に人がいなければ彼に恥をかかせずに済む。

「失礼ながら、私が貴方様の婚約者など、何かの間違いではありませんか？」

「……は？」

「気を悪くさせてしまいましたら大変申し訳ございません。ですが、私はどなたとも婚約した心当たりがないのです。貴方様とお会いしたのも、両親の葬儀に来てくださった時が初めてだったと思いますし……」

　ぎゅっと目を瞑って一息に言い切ってから、恐る恐るアルフォンスを見上げると、彼は大きく目を見開きこちらを凝視していた。

　その端整な顔から、みるみるうちに血の気が引いて蒼白になっていく。

「そ、そんな……いや、そういえばあの時に確か、婚約とはっきり明言は……それにしても、まさか……俺のことも、何も覚えていない……？」

　アルフォンスは頭を抱えて俯き、何やらブツブツと独り言を言っていたが、数回肩で大きく息をしてから顔を上げた。

「あの……大丈夫ですか？」

　気分でも悪くなったのかと声をかけたが、見れば彼の顔はすっかり青褪めている。

「っ……ああ。心配をかけて悪かった」

　アルフォンスは馬車から降りるエメリーヌに手を貸してはくれたものの、まだ顔色が悪い。

「どうかお気になさらないでください。少し休まれた方がよろしいのでは……」

　差し出がましいかと思いつつ言ってみると、彼が苦笑して首を横に振った。

「心配してくれてありがとう。やはり子どもの頃から、エメリーヌの優しい性格は変わっていないな。ご両親もきっと天国で鼻が高いだろう」

顔を上げた彼に目を細めて言われ、キョトンとした。

「閣下は……昔から、両親と私をご存じなのですか？」

自分が特別に優しいなどと自惚れてはいないが、両親から人にはいつも親切にしなさいと教えられていた。

彼の今の台詞は、まるでエメリーヌと旧知のような言い方だ。

「そうだ」

アルフォンスは優しくエメリーヌを見つめた。

「着替えは用意してあるので、まずは身支度を整えてくるといい。それから全て説明しよう」

そう言われ、エメリーヌは赤面した。貸してもらった上着で外からは見えないものの、改めて自分が破れたドレスを着ていることを思い出す。

「……はい。ご厚意に感謝の言葉もありません」

いくら助けてもらって安心したとはいえ、あられもない姿を見せてしまった上に、馬車でも彼にもたれて居眠りしてしまうなんて……。

急に恥ずかしくなり、まともにアルフォンスの顔を見ることができなくなった。

エメリーヌは俯いたままで、案内の使用人のあとについて屋敷の中に入っていった。

侯爵家の街屋敷は、風格ある外観に相応しく、屋敷の中も重厚な雰囲気に満ちていた。

年季の入った調度品がそこかしこに置かれた屋敷内は、一歩入っただけで自然と気を張ってしまい、寛ぎの我が家という雰囲気はまるでない。むしろ居心地の悪ささえ感じる。威圧感のある屋敷だ。

しかし通された部屋は、やはり重厚な調度品が揃っていたものの、花や可愛らしい小物が飾られている。

（この花たちは……）

どこか懐かしい感じがすると思ったら、花瓶に活けられた花々は、エメリーヌの生家の庭で咲いていたものばかりだった。

特に目を引くのは、どの花瓶にも活けられている金色の見事なマリーゴールドだ。

観賞用にも薬用にもなるマリーゴールドは、マニフィカ伯爵領で昔から栽培され、伯爵家の家紋にもなっている。エメリーヌも両親も昔から大好きで、毎年大切に育てていた花だ。

「そちらの花は全て、旦那様が庭で手ずから摘んでいらっしゃったものです。エメリーヌ様のお好きな花だからと、朝から大変な張り切りようでした」

じっと花に目をとめていると、部屋に案内してくれたメイドが元気な声で言った。

栗色の髪と瞳をしたメイドは、先ほどモナと名乗った。エメリーヌと年齢はさほど変わらないように見える彼女は、人好きのする笑みを浮かべて花瓶の花を手で示す。

「侯爵閣下が……私のために？」

「はい。ご婚約が決まった一年前から庭師に種苗を育てさせ、時にはご自身でも手入れをされていたようです。あのような旦那様を見るのは初めてで、屋敷の者たちは皆人が変わったようだと……」

そこまで言うと、ハッとしたようにモナは手で口を押さえた。

「大変申し訳ございません。余計なことを申しました」

深々とお辞儀をしたモナに、エメリーヌは思い切って尋ねてみた。

「ねぇ。人が変わったようだったとは、貴女にとってそれまでの侯爵閣下はどんな人だったの？　怖い人だったのかしら？」

アルフォンスが、エメリーヌのことを良く知っているのは明らかだ。

だが、やはりどうしてもエメリーヌは葬儀の時に会ったことしか思い出せず、彼の人となりもまだよくわからない。

叔母夫婦たちを黙らせたあの威圧感の溢れる姿と、エメリーヌに向ける柔らかな態度と、一体どちらが彼の本当の姿なのだろう？

「いいえ！　申し訳ございません！　私が妙なことを口にしてしまったばかりに……旦那様

は恐ろしい方などではありません！　とても寛容で慈悲深く、私ども使用人のことまでよく気にかけてくださいます」

　モナがあたふたと首を横に振った。

「人が変わったようだと申し上げたのは、ただ……旦那様は他者には寛容でも、ご自身には大変厳しすぎる御方だったからです」

　モナが困ったように眉を下げ、気まずそうに声を潜めた。

「それは、お仕事や鍛錬にとても熱心ということかしら？」

　エメリーヌの周りにはいなかったが、身体を壊しそうなほど仕事ばかりにのめり込む、いわゆる仕事中毒という人間も世の中にはいるらしい。

　しかし、モナはさらに困ったように首を傾げ、目を泳がせた。

「お仕事に熱心なのは確かです。しかし、なんと申しますか……私はここに勤めてまだ数年ですが、旦那様がご自身の楽しみのために何かしているところを、それまで一度も見たことがなかったのです」

「え？」

「私ども使用人には祝祭日に特別休暇をくださったり休憩時間に食べるよう甘味を振る舞ってくださったりしますのに、ご自身のことは全く労ろうとしないのです。ご趣味などを持つ様子もなく、休日も鍛錬とお仕事と勉強にあけくれ、まるで何かに追い立てられているかのようにも見えました」

フゥと、モナは小さく息を吐き、エメリーヌを見つめた。

「しかし旦那様は一年前から、婚約者であるエメリーヌ様のご両親を悼んで喪に服しつつ、熱心に貴女様を迎える準備をされていらっしゃいました。お部屋に飾るものから花瓶に活ける花まで、最高の状態でお迎えしたいとそれはもう嬉しそうに。ですから屋敷の者も皆、旦那様のお心に春を運んでくださったエメリーヌ様を心待ちにしていたのです」

「そ、そんな……私は……」

キラキラした目で真っ直ぐに見つめられ、エメリーヌは戸惑った。

いくら思い出そうとしても、婚約や彼に関する記憶は、やはり何も浮かんでこない。

「侯爵閣下は後で説明してくださるそうだけれど、私は婚約についても、まるで記憶になくて……一年前に両親の葬儀でお会いしたことしか覚えていないの。失礼な話でごめんなさい」

申し訳ない気持ちになりながら正直に告げると、モナがポカンと口を開けた。

「ええっ!?」

目を瞠るモナに、エメリーヌは頷いた。

「そ、そうなのですか……ですが旦那様が人違いをなさるとも思えませんし、きっと納得のいくご説明をしてくださるはずです！」

モナが気を取り直したように力説した。

とにかく着替えをと促され、エメリーヌの前に何着かのドレスが運ばれてきた。

身一つで来ても大丈夫だとアルフォンスが言っていた通り、流行のドレスはもちろん、それに合わせた装身具などの小物も揃っている。

なぜ靴のサイズまでピッタリなのかやはり疑問だったが、エメリーヌは大人しく着替えることにした。

モナに手伝ってもらい、涼やかな水色のドレスに着替える。

彼女は優秀なメイドらしく、エメリーヌの崩れかけた化粧やあちこちほつれた髪も手早く直し、しかも元よりもいい仕上がりにしてくれた。

「では、応接間にご案内いたします」

エメリーヌが支度を終えると、モナは丁重に頭を下げた。

応接間は広く、廊下や玄関と同じように重厚な調度品で揃えられていた。

エメリーヌとモナが部屋に入ると、長椅子に座っていたアルフォンスが顔を上げた。

「早かったな。まずは、座ってくれ」

向かいの長椅子を手で示され、エメリーヌは腰を下ろした。

間にあるテーブルには既に茶器が用意されており、モナは手際よく茶の支度をしてから応接間を出て行った。

静かに扉が閉まると、アルフォンスの視線がエメリーヌに向けられた。

「とてもよく似合っている」

じっと見つめられ、思わず恥ずかしくなって俯き、膝の上で両手をぎゅっと握る。

「ありがとうございます。その、お部屋も……私が好きな花までご存じなのですね？」

思い切って尋ねると、彼がふっと目を細めた。懐かしい大好きな記憶を思い出すような表情で、柔らかく微笑む。

「君がまだ幼かった頃に一年ほど、俺は母とともにマニフィカ家で匿(かくま)ってもらっていたことがあるんだ」

「っ⁉」

エメリーヌは息をのんだ。

「両親が閣下を？」

急いで過去の記憶を手繰(たぐ)ったが、侯爵家との関わりなど、やはり聞いた覚えはない。

エメリーヌは改めて彼の端整な顔を見つめた。

「これは昔、君の家で世話になった時にもらったものだ」

彼がそう言い、ポケットから古いハンカチを取り出した。

古びたハンカチに入っている刺繍は、蝶ネクタイと燕尾服姿で片目を瞑ったウサギの意匠だ。この個性的なウサギの刺繍は、エメリーヌの亡き母が考えたもので、子どもの頃のエメリーヌの大のお気に入りだった。

「それは……お母様の刺繍！」

「これは伯爵夫人が刺繍したものでお気に入りだと、君がくれたハンカチだ。幼かったから、覚えていないようだが」

アルフォンスが少し寂しげに微笑んだ。

「俺はあの頃のことをよく覚えている。……君が大人になったら、堂々と名乗ってお茶会に招待してもらえるようになろうと、ずっと心に誓っていた」

「あ……」

その言葉に、不意に記憶の蓋がカチリと開くような感じがした。

庭に咲き乱れるマリーゴールド。夏の眩しい陽射し。蟬(せみ)の声。東屋でお茶の用意をしている母。そして、そして……。

遠い記憶の欠片が次々と結びついていく。

＊＊＊

――幼いエメリーヌは夏の陽射しの下、少し膨れっ面で庭の東屋を眺めていた。

そこには母と、上品な帽子を目深にかぶった貴婦人が一人いて、お茶を飲みながら優雅に談笑している。

東屋でお茶をするのは大好きだが、まだ小さなエメリーヌには氷を入れたレモン水のグラスが用意されているはずだ。

シロップで甘味をつけた冷たいレモン水は、嫌いではない。むしろ大好きだ。

でも、優雅にお茶をする憧れの大人に、早く自分も交ざりたかった。

『お母様は、お茶は子どもには強すぎてよくないと言うの。私だって、みんなと同じ紅茶を飲みたいのに』

頬を膨らませ、手を繋いでいる長身の少年を見上げた。

『お兄様、お願い。私もお茶を飲めるよう、一緒に頼んで』

少年の顔は覚えていないが、とても背が高く、優しい少年だったのはぼんやりと記憶にある。

物静かな夫人と、その息子らしいエメリーヌより十歳くらい年上の少年は、生家の離れでひっそり暮らしていた。

母子は気がついたら離れに住んでいて、両親とどんな関係なのかは知らない。それどころかエメリーヌは、彼等の名前すら知らなかった。

両親は、彼らを『離れの奥方』とか『息子さん』などと言っており、会話中も名前を呼ぶことは決してなかったからだ。

エメリーヌも二人を『おば様』『お兄様』と呼ぶように教えられた。

後から考えると、両親や彼等には何度か名前を聞いても上手くはぐらかされていたのだが、何しろ幼かったから特に気にはしなかった。

とにかく、兄妹のいないエメリーヌは、いつも優しく頼もしいお兄様が大好きだった。

『う〜ん。でも、子どもが紅茶を飲むと眠れなくなってしまうらしいからね。エメリーヌは真夜中になっても眠れないでいたら、怖くなってしまうんじゃないかな？』

エメリーヌの頼みを聞いた少年は、困ったようにそう返答した。

少年は優しいだけでなく、とても頭がよくて、色んなことを知っていた。

だからエメリーヌのお願いがよくないものなら、だめな理由もきちんと話してくれるのだ。

『え⁉　それなら嫌！　絶対に飲まない！』

真夜中まで起きている悪い子はお化けに見つかると信じていたから、怖い想像に必死で首を横に振った。

『心配しなくても、もう少し大きくなれば大丈夫だよ。君もいずれ立派な貴婦人になって、お母様みたいにお茶会を開ける』

彼が苦笑し、宥めるようにエメリーヌの頭を軽く撫でた。

その手は大人みたいに大きくて、よく剣の素振りをしているせいか皮が硬くなっている。でも、いつだってとても優しく触れるその手が、エメリーヌは大好きだった。

『……じゃあ、私が大きくなってお茶を飲めるようになったら、お兄様を特別なお客様にして、とびきりのお茶会に招待してあげる！　絶対に来てね！』

ワクワクする未来を思い描き、声を弾ませた。

あの頃の自分は、伯爵家の屋敷で両親に溺愛されていた、なんの苦労も知らない小さなお姫様だった。

自分も大人になったら、綺麗にお化粧をして髪を結い上げて母のように優雅な貴婦人になり、お兄様もずっと傍にいて幸せいっぱいに暮らすのだと、信じて疑わなかった。

『……ありがとう。君とお茶を飲めるように、俺も頑張るよ』

一体、何を頑張るのか……よく考えてみれば、少しおかしな返答だ。

でも、すっかり機嫌を直したエメリーヌはさして気にせず、彼の手を引っ張って東屋へと一目散に駆けていった。

＊　＊　＊

「――お兄様……？」

掠れた声が口から零れた。

「ああ。君はいつも、俺をそう呼んでくれた」

アルフォンスがそっと手を取り、両手でエメリーヌの手を包み込んだ。その瞳に映る自分は、驚いたように目を見開いている。

「どうして忘れていたのかしら……」

呆然と呟くと、彼が手を離し、おかしそうに苦笑した。

「先ほども言ったように、君がまだ幼い頃の話だ。そう……四歳から五歳くらいの一年間だったからね。それに、俺も母も本名を名乗ることは一切なく、その後ご両親の葬儀まで君に直接会うこともなかった。君がすっかり忘れていたのも無理はない」

「お兄様がまさか、バラデュール侯爵だとは思いもしませんでした」

エメリーヌは瞳を伏せた。

「先ほども言ったが、アルフォンスと呼んでほしい。それとも、かつてのように『お兄様』の方がいいかな？」

彼がいたずらっぽく問いかけてくる。

「っ⁉　で、では……アルフォンス様……と呼ばせて頂きます」

しどろもどろになって答えた。

『お兄様』と『おば様』は、来た時と同じように、ある日忽然と離れから消えてしまった。そして父も母も、まるでそんな人たちは最初からいなかったのだとでもいうように、エメリーヌが二人のことを尋ねても取り合ってくれなかった。

エメリーヌの記憶も少しずつ薄れていき、今日まで思い出すこともなかったのだ。

「あの、おば様……いえ、アルフォンス様と一緒にいらした女性は、前侯爵夫人だったのですよね？　お元気でしょうか？」

おぼろげな記憶ではあるが『おば様』は、息子がいるとは思えないほどに若々しく美しい、上品な物腰の女性だった。

先ほどアルフォンスは、エメリーヌが今日からこの家の女主人だと言っていたが、夫が亡くなって息子が跡を継いだ貴婦人は、静養地に引退してのんびり余生を過ごすのが昨今の風潮だ。

しかしそう尋ねると、アルフォンスは少し複雑そうに眉を下げ、頭を掻いた。

「元気にしているが、母は正式な前侯爵夫人ではない」

「え……？」

「これも知らなくて当然だ。君はまだ正式に社交界に出てもいないし、ご両親も我が家の事情が君の耳に入らないようにされていたのだろう」

アルフォンスが小さく息を吐き、お茶を一口飲んだ。

「俺の父である前侯爵は、正妻との間に長く子ができず、金銭的に困っていた地方の没落貴族から、若い妾をとることにした。それが母で、つまり俺は妾の子だ」

昔を思い起こすように、アルフォンスは少し遠い目をして淡々と語り始めた。

「父の言うことが本当だったら、正妻である前侯爵夫人も、妾を囲うことに賛成していたそうだ。結婚して十年以上が経つのに跡取りができず、もう自分は子を望むには難しい年齢になったから、正妻への敬意を忘れない妾なら歓迎すると約束したらしい」

「そうだったのですか……」

貴族の……しかもバラデュール侯爵家ほどの名家ともなれば跡継ぎ問題は重要なはずだ。

また、夫婦の間に子ができずギクシャクしても、名門の家ほど政略結婚も多いので簡単に離縁もできず、妾を囲って跡継ぎを儲ける場合もあるらしい。

「だが、母は約束通りに前侯爵夫人を正妻として敬っていたが、歓迎されていたとはとても言えなかった。俺と母は侯爵邸の離れに住んでいたが、母は本邸に来た当初から執拗な嫌がらせを受けていたらしく、よく俺が無事に生まれたと使用人が話していたのも聞いた。実際、出される食事は腐っているか体調を適度に悪くさせるような薬が入っているものばかりで、母が庭の隅に作った菜園のものしか口にできなかったから、子ども時代はいつも空腹だった」

サラリと凄絶な過去を口にされ、エメリーヌは息をのんだ。

夫に堂々と妾を持たれるということは、確かに前侯爵夫人の心をひどく傷つけただろう。本当は嫌だったとしても、跡継ぎのためと言われたら断れず、形だけでも賛成せざるをえなかったのが余計に怒りを増幅させたのかもしれない。

しかし、だからといって酷い食事を与えるような虐待行為は決して許されない。アルフォンスの母は約束を守って彼女を敬っていたのなら、前侯爵夫人の行為はなおのこと卑怯だ。

「そんな……前侯爵は庇ってくださらなかったのですか？」

思わず尋ねると、アルフォンスは軽く肩を竦めた。

「故人を悪く言いたくはないが、あの人は保身が第一の事なかれ主義だったからな。気の強い前侯爵夫人に面と向かって注意し、家庭に波風が立つのを恐れていたのだろう。それでも俺が十四歳の時、ついに母が栄養失調と心労で倒れると、さすがにまずいと思ったらしい。俺たち母子を匿ってくれる人物を用意した」

アルフォンスの瞳がエメリーヌに向き、ニコリと柔らかく細められた。

「エメリーヌ。君の父上であるマニフィカ伯爵だ」

「お父様が⁉」

「ああ。父はマニフィカ伯爵と直接の交友はなかったが、信用できる人物だと共通の知人に紹介されたそうだ。それに妻の目を逃れて静養するのなら、自分が親しい相手でない方が俺たちの居所を突き止められにくいと思ったのだろう。そして俺と母は正体を隠し、マニフィカ伯爵家で匿ってもらうことになった」

エメリーヌはコクリと喉を鳴らした。

「だから両親は私に、お二人のお名前や素性を知らせなかったのですね？」

アルフォンスが頷いた。

「マニフィカ伯爵夫妻が大変よくしてくれたおかげで、身体が弱っていた俺と母もすぐに回復することができた。あの一年間は俺にとって、何にも代えがたい素晴らしい時間だった」

昔を懐かしむように、アルフォンスが口元を僅かに緩めた。そうすると、昔の彼の顔をはっきり覚えてもいないのに、とても懐かしく思える。

（そうだわ。あの夢は……）

迫力ある登場の仕方をしたアルフォンスが怖くなかったり、ここに来る途中の馬車で昔の夢を見たりしたのは、きっと彼からどこか懐かしい雰囲気を感じ取ったからだろう。

「……マニフィカ家でお世話になって一年ほど経った頃、高齢だった父が身体を壊し、俺は正式な後継ぎとして本邸に呼び戻されることになった」

話を戻した彼の声に、エメリーヌは再び耳を傾けた。

「まだ成人してもいなかった俺が本邸に戻ることをマニフィカ伯爵夫妻は随分と心配してくれたが、匿っていたことが前侯爵夫人に知られれば、どんな八つ当たりをされるかもわからない。母も一緒に戻ると言ったが、俺が無理に頼んで一旦故郷に帰ってもらい、君の家との関わりも完全に絶つことにした」

急に二人が姿を消したのには、そんな理由があったのか。

今更ながら知った事実に、エメリーヌの脳裏には社交新聞を熱心に読む両親の姿が浮かんだ。

父も母もゴシップは嫌いだと言っていたわりには、バラデュール侯爵家の後継者がどうこうと、時おり新聞を見ながら熱心に話していたのを思い出す。

エメリーヌが成長して社交新聞を読ませてもらえるようになってからは、バラデュール侯爵家がいかに名家なのかを知り、両親でも気になるのは当然だと思っていた。

しかし両親はきっと、一時でも関わったアルフォンスをずっと気にかけていたのだろう。

エメリーヌがそんなことを考えているうちにも、アルフォンスの話は続く。

「俺が侯爵家に戻るとすぐに父は亡くなり、爵位だけはなんとか継げた。まだ成人前だということで何をするのにも前侯爵夫人の邪魔が入ったが、数年も耐えていたら向こうもいい加減に疲れたらしい。遠い保養地で隠居するだけの財産を渡し、縁を切るということで話がついた」

ふぅ、とアルフォンスは当時の苦労を振り返るように小さく息を吐いた。

「母も故郷で静かに暮らしたいと望んだので、無理に侯爵家に呼び戻さないことにした。マニフィカ伯爵夫妻にも密(ひそ)かに知らせたところ、俺に平穏が訪れたことを喜び、君の社交界デビューに合わせて再会しようと約束してくれた」

「っ⁉」

エメリーヌは息をのみ、不思議なほど自分の寸法に合っている真新しいドレスや靴を見下ろした。

去年、両親が亡くなる前に、エメリーヌの社交界デビューの贈り物だと、たくさんのドレスや装飾品が届けられたのだ。

どなたからの頂き物なのか両親に尋ねても、二人はいたずらっぽく顔を見合わせて笑い、後でのお楽しみだと言った。

「私の社交界デビュー用にドレスを贈ってくださったのは、アルフォンス様なのですね？」

確信をもって尋ねると、アルフォンスは肯定するように微笑み頷いたが、すぐに表情を曇らせた。

「しかし、君のご両親があのようなことに……俺との関係は伯爵家の使用人も知らなかったから知らせが来ることもなく、新聞で訃報を知り急いで駆けつけたんだ」

「あ……」

エメリーヌの脳裏に、雨でびしょ濡れになりながら葬儀に駆けつけてくれた彼の姿が蘇る。

アルフォンスが深く息を吐き、姿勢を正した。

「それで……ここからが本題だ」

「本来なら、俺は君と再会しても、求婚などするつもりはなかった。何しろ君に会ったのはまだ幼い頃だし、マニフィカ伯爵夫妻も君には適切な婿をとり、領地で穏やかな人生を歩ませたいと言っていたからな」

「……両親らしい言葉です」

高位貴族に嫁いで社交界の華になるよりも、長閑な領地で穏やかな人生をゆったりと過ごす方が幸せなのだと、繰り返しエメリーヌに言い聞かせていた両親を思い出す。

「だが、葬儀で君を一目見た瞬間、いてもたってもいられなくなり求婚してしまった。大恩あるマニフィカ伯爵夫妻の遺志を裏切るようで申し訳ないが、どうしても俺の下へ来てほしくなったのだ……言い方が曖昧だったせいで、上手く伝わっていなかったようだが」

一瞬照れ臭そうに頬を染めたアルフォンスだが、すっと表情を改めた。

「今度はこちらから質問したい。……エメリーヌ。君は気鬱になってしまい、しばらくは誰にも面会したくないのだと聞いていた。だが、今日の騒動を見る限りとてもその話を鵜呑みにはできない。一体、何があったんだ？」

「それは……っ」

話そうとした途端、この数か月の辛い記憶が一気に蘇り、声が詰まった。

怖い。思い出そうとしただけで怖くてたまらない。息ができなくなり、どっと冷や汗が噴き出して、すうっと血の気が引いていく。

「エメリーヌ⁉」

グラリと傾いだ身体を、長椅子の手すりに掴まって支える。

アルフォンスが大慌ての形相で立ち上がり、エメリーヌの下に来た。逞しい腕が、エメリーヌを抱きとめる。

「大丈夫か？　急に聞き出そうとしてすまなかった。無理なら……」

「はぁっ……い、いいえ、大丈夫です」

アルフォンスに支えられて何度か深呼吸をするうちに、バクバクと恐怖で破裂しそうだった心臓の音が次第に落ち着いてくる。

「元はと言えば、私が弱くて愚かだったのです……聞いて頂けますか？」

アルフォンスに抱き支えられたまま、葬儀からの一年間に何があったのかをエメリーヌは話した。

そして語り終えると、アルフォンスは俯きうめくように言った。

「――愚かだったのは、エメリーヌではなく俺だ。どう詫びればいいのかわからない」

「アルフォンス様が？　なぜ……」

彼に非など何もないと思う。

驚いてそう言うと、俯いていた彼が顔を上げてこちらを見た。

「先ほども言ったように、君の社交界デビューまで伯爵家とは公には関わらないつもりだったし、本来なら求婚するつもりもなかった。ご両親もそう望んでおり、自分たちにもしものことがあり娘が一人になったら、形として絶縁しているが妹夫妻が後見になるだろうと言っていた。……あの夫婦は、君のご両親まで上手く誑かしていたのだな」

「やっぱり、お父様たちまで……」

思わずエメリーヌは呟いた。

葬儀の後で突然にやってきた叔母を見て、古参の使用人たちは驚いた様子だった。しかし、両親から深く信頼を寄せられていた執事は、叔母が後見人になると聞くと少し心配そうだったものの、特に何も言うことなく手続きの書類を用意した。

伯爵家に長年仕えている老執事は、とても聡明で主人思いだ。主従の壁はきちんと守っても、伯爵家のためにならないと判断したなら『恐れ入りますが……』と進言してくれていた。

その執事も反対しなかったということは、叔母夫婦は本当に父の前では相当に猫をかぶり、父は執事にも後見人の件を伝えていたのだろう。

「君の父上は『困ったところもある妹だが、年をとって少しは落ち着いたようだ。唯一の肉親であるエメリーヌに非道なことはしないはず。社交界デビューして落ち着いたらあの子にも会わせる』と言っていた。だから俺も、君の叔母夫婦が後見人となり、エメリーヌは両親を亡くした気鬱の療養中なので面会は全て断っているという話を鵜呑みにしてしまった。それに……」

アルフォンスが深く息を吐いた。

「葬儀という厳粛な場で求婚をするなど、俺もさすがに非常識だった自覚はあるからな。せめてきちんと喪が明けてから君を迎えに行きたかった。だが、あのような下種な人間の言い分を信じず、もっと詳しく調べていれば早く君を救い出せたのに……」

「アルフォンス様……」

「約束する。これからは、君の亡きご両親に誓って、決して苦労をさせない。俺に任せてくれれば、伯爵家の街屋敷も全て取り戻してみせる。どうか俺を生涯の伴侶として頼ってくれないか？」

――決して君を一人にはしない。

こちらを見つめる彼の瞳は、葬儀の時にそう言ってくれた時と同じく、真摯な色をしている。

アルフォンスはエメリーヌの両親を恩人のように思ってくれているからこそ、悪天候の中を単身馬で葬儀に駆けてくれたのだ。

そんな優しい彼は、恩人夫妻の娘で、たった一年とはいえ『お兄様』と呼び慕っていたエメリーヌを見捨てられず、つい手を差し伸べてしまったのでは……？

彼とは親族でもなく、十歳という年齢差なら後見人としても不自然になる。

特に未婚の貴族令嬢が男性と結婚するでもなく一緒に暮らすのは、事情があってもよくない噂が立ちやすいらしい。

また、爵位を既に持っていようとも、二つまでなら爵位を同時に持つことは可能である。

アルフォンスと結婚すれば、有能と噂の彼によって伯爵家も安泰だろう。

（そういえば、私はあの時……）

顔色がひどく悪いのをアルフォンスに心配され、雨の中で立っているのはよくないと諭されたが、家族を失い一人になってしまったのが辛いだけだと答えた記憶が微かにある。

自暴自棄になっていた自分は、いっそ風邪でもこじらせて両親の下に行ければいいのにとさえ思ってしまった。

それでアルフォンスは、エメリーヌと『家族』になろうとしてくれたのかもしれない。だが、こんなことで結婚を決めてしまって、彼は本当にいいのだろうか？

それに、助けてもらっておいて酷い言いぐさだとは思うが、叔母夫婦の件で自分の人を見る目のなさを嫌というほどに思い知らされた。

昔の微かな思い出だけで、彼を本当に信用していいのかと悩む。

（でも、この人が悪い考えを持っているとはなぜか思えないわ……）

彼の真摯な目を見ていると、どうしても傍にいてほしくなる。

加えて現実問題として、エメリーヌが自力で叔母夫婦から財産を取り戻せるかといえば、否だ。

アルフォンスの提案は、非常に魅力的であった。

「そうだったのですね……ですが、アルフォンス様でしたらいくらでも他にお相手がいそうなのに、こんな形で結婚を決めてよろしいのですか?」

おずおずと尋ねると、アルフォンスが微かに眉を下げた。

「それは俺の台詞だ。勢いで求婚したようなものだからな。どうしても嫌でなければ求婚をぜひ受けてほしいが……もし、他に好きな相手でもいるのなら教えてほしい」

「え?」

「その相手に直談判しに行きたい。俺が諦めざるを得ないほどの相手なのか会って確かめなくては、君を送り出すことなど絶対にできない」

「まぁ、アルフォンス様!」

娘の嫁入りを渋る父親のような発言に、思わずエメリーヌは噴き出した。

一体、いつぶりだろうと思うほど、自然に笑いが零れる。

「何かおかしかったか?」

大真面目な顔で首を傾げるアルフォンスに、エメリーヌはクスクスと笑いながら目端の涙をハンカチで拭った。

「失礼しました。そのような相手はいませんので、ご安心を」

そこまで言ってくれるなんて、彼はやはり義理堅いゆえに、エメリーヌの両親への恩義から求婚してくれたのだ。

その優しさが沁みる反面、エメリーヌ自身を愛しての求婚でないことを少し寂しく思うのは、欲張りすぎというものだろう。

気付けばエメリーヌは次の言葉を紡いでいた。

「私は、あなたさえよろしければ……」

「俺と結婚してもいいのか？」

「っ！　ええと……はい。お傍に置いてください、アルフォンス様！」

殆ど反射的にそう告げると、アルフォンスがまた眩しそうに瞳を細めた。

「……そうか。君がそう言ってくれて嬉しいよ」

そう言いながら、彼は手を差し出した。

「では、改めて。これからどうぞよろしく」

「こちらこそ。よろしくお願いします」

エメリーヌはドキドキしながら、アルフォンスの硬くて大きな手を握った。

3 クッキーとハンカチ

アルフォンスはマニフィカ領に向けて早馬で手紙を出した後、一人馬車に揺られていた。

行き先は、ほんの数時間前に行ったばかりの伯爵家の街屋敷だ。

エメリーヌには屋敷に残ってもらった。十分休息を取るように言ってある。

彼女は、当事者の自分が同席すらしないのは申し訳ないと言っていたが、悪魔のような連中に、二度と関わらせたくない。

よって、これは自分の我儘なのだから譲ってほしいと頼むと、エメリーヌは納得してくれた。

（……まさか葬儀の時のことまで覚えていなかったとは）

一人で先走って大はしゃぎしていた自分が恥ずかしくてたまらない。

「……はぁ」

溜息をつき、アルフォンスはポケットから古いハンカチを取り出す。

ウサギの刺繍が入った可愛らしいハンカチは、幼い日のエメリーヌがくれたものだ。

（俺のことはうっすら思い出してくれたようだが、これをくれた時のことまでは、さすがに思い出さないだろうな）

——このハンカチをもらったのは、アルフォンスが母とマニフィカ家に身を寄せてすぐのことだ。

当時の自分はとにかく周りが信用できず、マニフィカ伯爵夫妻でさえ胡散臭く見えてしまっていた。

伯爵夫妻がこんな厄介ごとを引き受けたのは、父侯爵に何かしらの便宜を図ってもらいたいという下心があってのことだろうし、もし侯爵夫人に勘付かれれば保身を一番に考え、アルフォンスと母を差し出すと思っていた。

そんなことだから、母にいくら言われても、せっかく出される食事になかなか手を付ける気になれず、水で空腹を誤魔化していた。

しかし育ち盛りの少年が、水だけで何日も持つわけはない。

非礼は承知だが、離れの近くに生えていた食べられる草をこっそり取らせてもらおうとしていた時だった。

『ねぇ、何してるの？』

不意に背後から足音とともに、少し舌足らずな幼い子の声が聞こえた。人の気配には敏感だったはずなのに、眩暈(めまい)がするほど空腹だったせいで気付かなかったらしい。

ギクリとして振り向くと、四歳くらいの小さな女の子が立っていた。

少し赤みがかった金色の巻き毛を肩に垂らし、上品で可愛らしい衣服を着た女の子は、聞いていた伯爵家の一人娘エメリーヌだとすぐに察した。

『あ……その、少し探し物を……』

とっさにそんな言い訳をしてしまうと、エメリーヌは途端に張り切った顔になった。

『それなら、私も一緒に探してあげる！』

『えっ⁉』

『昨日、お母様に読んでもらった本に、すごく遠い国では〈イチニチ・イチゼン〉といって、一日に一つのいいことをしなさいって言われるらしいの。それでみんなが親切にし合って、みんなが幸せになるの。とっても素敵！』

『う、うん。そうだね』

なんだかよくわからない勢いに気圧されてつい頷くと、エメリーヌはニコニコと満面の笑顔になった。

『だから私も、何かいいことができないか探す旅をしていたの。お庭の中だけなら自由に探していいのよ』

『いや、その……』

お腹が空いたから庭の植物を盗もうとしていましたなんて、とても言えない。

無邪気な笑顔のエメリーヌを前に、どうしたものかと悩んでいると、不意に空っぽの胃袋が情けない音をたてた。

『っ！』

『もしかして、お腹が空いているの？』

真っ赤になって腹を押さえたアルフォンスに、エメリーヌは首を傾げると、斜めに下げていたポシェットの中をごそごそと探った。

そして何かを包んだハンカチを取り出し、アルフォンスの手を取って握らせた。

『はい！　これ、あげる』

『これは……』

甘くていい香りがするハンカチを開くと、数枚のクッキーが入っていた。

『旅の間にお腹が空くかもしれないから、ばあやに頼んでおやつを持たせてもらったの。でも、先にお腹が空いている人がいたら、あげなくちゃね』

生まれてこのかた、甘い菓子を食べたのは一度きりだ。

アルフォンス母子に同情したメイドが焼き菓子を差し入れてくれたが、それがバレて彼女はすぐ解雇され、それから同じようなことをしてくれる人はいなくなった。

鼻腔をくすぐる甘い香りに唾液が溢れ、脳髄がクラクラする。

気づけば餓えた獣のように、ガツガツとクッキーを全部食べてしまっていた。

『……美味しくなかったの？　それとも、どこか痛いの？』

不意に、心配そうにこちらを見上げたエメリーヌに問われ、ようやく自分が泣いていることに気付いた。

『っ……そうじゃない……こんなに美味しいもの……久しぶりに食べたから……』

鼻を啜り、袖で顔を隠した。

『ありがとう。それから、ごめん……泣くなんて……俺は君より大きいのに、みっともないところを見せて……』

空になったハンカチを返すと、エメリーヌはまたポシェットを探り、もう一枚のハンカチを取り出した。

今度は綺麗にアイロンがかかり折りたたまれたものだ。

『大人が泣いたってちっともおかしくないわ。私が前にすごく高い熱を出した時、元気になったらお父様もお母様も泣いて喜んでくれたの。それに料理長は玉ねぎを切ると涙が止まらないって言うもの』

くったくのない笑顔で、エメリーヌはハンカチを広げて見せた。そこには蝶ネクタイをして燕尾服を着た可愛らしいウサギの刺繍が入っている。

『でも、あんまり泣きたくないのなら、こっちのハンカチをあげる。悲しくて泣きたい時にこのハンカチを使うと、お母様が刺繍してくれたウサギが、嫌な気持ちを全部吸い取ってくれるのよ』

『……そのハンカチをもらっても、俺は何も返せないよ。それでもいいのか？』

何も持っていない自分は、この子に何も返せない。

無力感に苛まれながら呟くと、エメリーヌは驚いたように軽く目を瞠った後、少し考え込んでから頷いた。

『このハンカチで幸せになってくれたら、私は今日のいいことが達成できるし、とっても嬉しい気分になれるわ』

そう答えた彼女の瞳はキラキラと輝いていて、本気でそう思っているようだった。

愛されて何不自由なく育った子の余裕というだけでなく、本当に純粋で優しい心根の子なのだろうと、眩しく思えた。

『……それじゃあ、もらう。ありがとう』

礼を言ってハンカチを受け取り、エメリーヌを屋敷の入り口まで送っていく途中、迎えに来た伯爵夫人と会った。

厄介な客だというのに、伯爵夫人はアルフォンスが愛娘に会ってしまったのを嫌がる素振りもなく、一人っ子なのでよければ滞在中に時々遊んでやってほしいとまで言ってくれた。

当然ながら本名や素性までは明かせず、エメリーヌは『おば様』『お兄様』と呼ぶことになった。

そしてアルフォンスは、エメリーヌに会った日から、出される食事を感謝して残さず食べられるようになったのだ。

胸中で呟き、アルフォンスは回想を一年前の葬儀の時に移す。

(――ずっと可愛い妹同然の存在として、陰ながら見守るつもりだったのに……)

マニフィカ伯爵夫妻の訃報は青天の霹靂(へきれき)で、城勤め中だったが、大急ぎで王子の許可を得て駆けだした。

マニフィカ領まで最速で行ける手段は、足の速い馬で単身駆けることだ。あいにくの悪天候で、数時間の道中はびしょ濡れで駆けることになったが、そんなことは構っていられなかった。

既に教会での式も埋葬も終わってしまい、墓地で弔問客に挨拶をするエメリーヌらしき人物を見て駆け寄った。

彼女が幼い時に少しだけ一緒に過ごした自分を、すっかり忘れていても不思議ではない。アルフォンスも母も、あえて彼女の印象に残らないよう実名を隠したりしていたのだから。

それにあれからアルフォンスはぐんぐんと身長が伸び、顔立ちもかなり昔と変わったように思う。

しかし馬を降りてエメリーヌのところへ行くと、彼女が驚いたようにこちらを見ていたから、もしかしたら気付いてくれたのかもしれないと思った。

そしてアルフォンスも……すっかり成長したエメリーヌの姿に驚き、目を奪われた。記憶にある彼女は、小さくて可愛らしい妹のような存在だった。年齢が年齢だけに、もちろん恋愛対象になどならない。

だから、彼女の社交界デビューに備えて美しいドレスを何着も送ったが、気分としては相変わらず妹の門出を祝う兄といった感じだった。

その印象が…………一瞬にして覆（くつがえ）されたのだ。

『……雨の中お越し頂き、ありがとうございます』

消え入りそうな声だったが、きちんと弔問客たるアルフォンスにお辞儀をしたエメリーヌは、目を瞠るほどに美しく立派な令嬢だった。

ひどく青褪めて血の気の失せた顔色は、肉親を亡くした辛さに耐えているのを痛いほど感じさせた。それでも彼女は一人娘としての責任を全うすべく、気丈に葬儀に臨んでいるのだ。

美しく聡明で、いざという時には毅然とした態度でアルフォンスたち母子を助けてくれた、あのマニフィカ伯爵夫妻の娘だと感服した。

ただ、かの夫婦は互いに助け合い支え合っていたけれど、エメリーヌにはまだその相手がいない。

彼女の父は、娘には社交界デビューをしてから様々な出会いを経て、愛し合える伴侶を見つけてほしいと願っていた。

もちろん、マニフィカ家の婿になれるだけの能力を備えたそれなりの貴族の子息ならば最高だとは言っていたが、エメリーヌの幸せを一番に考えていた。

それらをアルフォンスは手紙を通して知らされていたし、できる限り自分も応援しようと思っていた。

だが、彼女を見た瞬間、その考えは消え去ってしまった。

一目で恋に落ちると稲妻に打たれたような衝撃が走ると聞いたことがあるが、本当に凄まじい衝撃に貫かれ、彼女に見惚れた。

この先、エメリーヌの隣に立つのは、他の誰でもなく自分でありたいと願ってしまった。

バラデュール侯爵家の家督を継ぎたいと……いや、絶対に生き延びて継がなくてはと強く思っていたのは、元は自分と母の安全を確保するためだった。

そこに、いつか素性を明らかにして、なんの憂いもなくエメリーヌのお茶会に呼ばれることができるようになりたいという願いが加わっていた。

家督を継いだ今なら、一人になってしまったエメリーヌを娶って守ることもできる。

運命など信じていなかったが、今までの自分の人生はエメリーヌと結ばれるためにあったのだと、本気で思ってしまったほどだ。

ただ、なんにしても厳粛な葬儀の場である。

思いつく限りの言葉を尽くして求婚したい衝動をすんでのところでこらえ、エメリーヌに『君を決して一人にしない』『喪が明けたら迎えに行く』……と、告げるのが精一杯だった。

今になって考えてみれば、明確に求婚と思われる言葉を一切言ってなかったのだが、何しろ突然の訃報と初めての恋心に対する衝撃で混乱しきっていた。

エメリーヌから『ありがとうございます。またお会いできる日を待っています』と無理した様子ながらも微笑まれ、てっきり求婚が受け入れられたと思い込んでしまったのだ。

(――俺もすっかり、思い違いをしていたわけだ)

先ほどエメリーヌから、葬儀の時の言葉は単なる励ましだと思っていたとも聞いた。

アルフォンスはまたも深い溜息をつき、窓の外に視線を向ける。

そろそろかと思った通り、ちょうど目的地に着き、馬車が止まった。

アルフォンスの馬車が、伯爵家の街屋敷に停まるやいなや、エメリーヌの叔母夫婦が屋敷から飛び出してきた。きっと、あれからずっと言い訳を考えてオロオロしていたのだろう。

「お戻りになってくださいまして、ありがとうございます！　バラデュール閣下！」

何か勘違いをしたのか、エメリーヌの叔母は顔を輝かせ、耳障りな甲高い声を出した。

「お恥ずかしい話ですが、あたくしどもはすっかりコルベル様に騙されておりましたの。屋敷にお招きした際、エメリーヌに一目で惹かれてしまったと熱心に言われ、ついほだされてしまって……」

アルフォンスが不快に思っていることになど気付きもせず、叔母はベラベラ喋り続ける。

「確かにコルベル様は、エメリーヌと結婚したら伯爵家に資金援助をすると約束してくださり、あたくしどもはそれもあってあの方を勧めました。ですがそれは、前々から伯爵家の財政が苦しくてこのままでは先がないと悩んだゆえです。エメリーヌはあたくしどもを悪く言ったでしょうが、兄夫婦が苦労知らずに育てたので財政事情は何も知らないのです！」

ハンカチに顔を押し当てて泣く素振りまで始めた彼女に、アルフォンスは頭痛を覚えた。

（この期に及んでまだそんなことを言っているのか……）

　エメリーヌが両親に愛され苦労を知らずに生きてきたのは事実だとしても、彼女の父親が亡くなるまでの数年間、アルフォンスはずっと彼と手紙を交わしていた。

　その手紙からは、マニフィカ伯爵家が財政難に陥っている様子など微塵も感じられなかった。それどころか亡くなる直前の手紙には、豊作が続いたので増えた分の税収で領民の畑仕事が楽になるよう、最新の農耕道具を買って配ったと書かれていたのだ。

「閣下、どうか信じてください。あたくしどもはエメリーヌに厳しく接することもありましたが、それも亡き兄夫婦に代わってあの子を立派な淑女に教育しなければと……」

「もういい」

　聞くに堪えず、アルフォンスは手を振って遮った。

「では、どうかまたあたくしどもとエメリーヌを……」

　叔母がハンカチから顔を上げて、媚びるような上目遣いでアルフォンスを見た。その目には明らかな期待の色が籠っている。

　侯爵位を継いでから、こうした目をアルフォンスは嫌というほどに見てきた。

　彼が幼い頃、侯爵家で受けた苛烈な嫌がらせの数々は、父の正妻が下した命令によるものだろう。

　しかし、その嫌がらせをニヤニヤ笑いながら実行していた使用人が多数いたことも確かだ。

そうした連中は、アルフォンスが身体を治し嫡男として侯爵家に戻ってきた途端、掌を返した。

自分たちは仕方なく侯爵夫人の指示に従っただけで、アルフォンスと母のことをずっと気の毒に思っていたのだなどと、心にもない嘘を平気で吐いてきた。

現在、屋敷にいるのは厳選して残した信頼できる者と、アルフォンスが自ら厳しく面接をし、新たに雇い入れた者だけだ。

自分が強い立場にいれば弱者を嬉々として虐げ、都合が悪くなれば平気で媚びへつらう。そんな輩に、大切なエメリーヌを接触させるなど絶対に御免だ。

アルフォンスと婚約をしたエメリーヌと今後も繋がりを持ち、甘い汁を吸おうという魂胆だろうが、そうはさせるか。

「エメリーヌへの虐待と財産の横領で罰されたくなければ、ただちに後見人の立場から退き、今後一切、彼女に関わらないと誓ってもらおう」

アルフォンスが淡々と告げると、今度は叔母の顔が真っ青になった。

「虐待だなんて、そんな！」

「お願いです、閣下！　私どもの話を聞いて頂ければ、きっとエメリーヌの誤解だとおわかり頂けるはず……っ！」

「黙れ。これ以降、俺の質問に答える以外の発言は許さない」

アルフォンスは煮えたぎる怒りをこらえ、エメリーヌを虐げた憎い夫婦に、低い声音と眼光で圧をかける。

同時に、こんな自分の姿はエメリーヌに決して見せたくないなと、チラリと思った。

若くして侯爵位を得ても、妾腹の身であるアルフォンスに、社交界の目は冷たかった。

生まれなど自分の意思ではどうにもならないのに、容赦なく罵詈雑言(ばりぞうごん)をぶつけて蔑(さげす)み、意味のない嫌がらせをする連中は少なくない。

そうした輩に対抗するには、時には相応の力を誇示してねじ伏せなければならない。

実際、コルベルに襲われそうになっていたエメリーヌを助けた時、彼女は口もろくにきけないくらい怯えていた。

あれはコルベルや叔母夫婦への恐怖だけでなく、彼等を腕力と権力で制圧したアルフォンスへの怯えも入っていたのでは……？

考えると胸が苦しくなってきたが、アルフォンスはとにかく叔母夫婦に向き直った。

「この一年間の、伯爵家の財政帳簿は当然あるだろうな？　無論、お前たちが使い込んだ分も含めてのものだ」

「はっ、はい！　今す……ぐっ」

飛び上がらんばかりにして答えた夫の脇腹を、エメリーヌの叔母が肘で小突いた。

「あら、使い込みなど人聞きの悪い。先ほども申し上げたようにマニフィカ家の財政状況は元々厳しかったのですよ。しかも亡き兄はそれを隠していたらしく、表向きの帳簿と実際の財産ではまるで数字が合いませんの。あたくしどもも困り果てているところでして……ホホホ」

つまり、帳簿の数字が合わないのは全て亡くなった兄伯爵のせいにして、あくまでも自分は無実を突き通すつもりらしい。

「それなら心配はいらない。王宮から監査官を寄越してもらえるよう手配をする」

アルフォンスが告げると、極悪夫婦の顔からまた一気に血の気が引いた。

「俺は現在、王太子殿下の補佐を務めている。マニフィカ伯爵領からの税収はここ数年滞りがなく、かの地が不作だという話も聞いていない。お前たちの言い分が本当なら、これは詳しく調べなくてはいけないな」

「そっ、それは……違っ、ですから……」

慌てふためく夫婦は、視線を彷徨わせながらしどろもどろに言い訳を探している。

そんな二人を、アルフォンスは再び鋭く睨みつけた。

「どうした？　王宮監査官まで引っ張り出す虚偽の申し出をしたのなら、数年の投獄程度では済まない重罪になるが、お前たちの言い分が本当ならば慌てる必要もないだろう」

「ひっ！　あ、あの……」

「それとも大人しく自分たちの罪を認めるか？」

「閣下、どうかお慈悲を！」

「これ以上の問答は無用だ。事を公にして裁かれるか、エメリーヌに関する条件を全て飲み内々に済ませるか、どちらにする？」

きっぱり選択肢を突きつけると、ようやく二人は観念したらしい。

魂の抜けたような顔でアルフォンスを屋敷の中に通し、後見人の書類破棄など諸々の手続きに関する書類に大人しくサインをした。

呆れたことに、この夫婦は後見人の立場を利用して伯爵家の街屋敷どころか領地の屋敷までも抵当に入れていた。

当然ながら、伯爵家に彼等の借金を肩代わりする義理などない。

アルフォンスはそれも指摘し、その場で金貸しに使いを出して問題を解決した。

抵当に入れられていた分の屋敷は不正に利用されたものだと説明し、本来の通り叔母夫婦の身に借金を戻させたのだ。

コルベルからの融資も期待できなくなった叔母夫婦は絶望に表情を失っていたが、アルフォンスの知ったところではない。

彼らが勝手に雇った胡散臭い使用人たちも全て解雇し、一通りの手続きが終わった時には、もうすっかり辺りは暗くなっていた。

（次はコルベルだな。エメリーヌに二度と接触せず、彼女の名も口にしないようにさせなければ）

エメリーヌが襲われかけたことに関して、悪いのは完全にコルベルだ。だが理不尽なことにこの手の問題は、下手に公にすると女性が圧倒的に不利になる。

たとえ事実でなかろうと、嫁入り前なのに穢(けが)されただのなんだの、尾ひれ背びれのついた噂が横行し、あげく女性が自衛しないのが悪いと陰口を叩かれる始末。

よってアルフォンスは今回の件でコルベルを公に責めるつもりはないが、奴に地獄を見せる手段はいくらでもある。

（……生まれてきたことを後悔させてやる）

あの時の、怯え切ったエメリーヌの痛ましい姿を思い出すと、怒りでどうにかなりそうだ。

ギリリ、と歯嚙みをし、アルフォンスはコルベルの屋敷に向かうよう御者に命じた。

4　初夜と添い寝

夜、エメリーヌは、寝衣に着替えて広い寝台に腰を下ろしていた。

アルフォンスは街屋敷に出かけてからまだ帰っておらず、エメリーヌは屋敷の案内や使用人の紹介をしてもらって半日を過ごした。

屋敷の使用人は、部屋付きになったモナを始めとして感じのいい人ばかりで、重厚な屋敷の雰囲気に気後れしがちなエメリーヌもそう緊張せずに案内してもらえた。

広い屋敷は閉め切ってある部屋が多かったが、図書室にはエメリーヌの好きな綺麗な挿絵の本や美しい詩集がたくさん揃えられ、この一年で大幅に手を加えたという温室の様子にも目を瞠った。

そこでは本当に、マニフィカ家の庭に咲いていた花や低木の鉢植えが見事に手入れされていたのだ。

目を瞑って深呼吸をすると、懐かしい草花の香りに、一瞬生家に戻ったかと錯覚するほどだった。

夕食も、まだ顔色があまりよくないエメリーヌを気遣ってくれたようで、薬草粥やゼリーといった食べやすいものが用意されたが、それがどれも驚くほどに美味しい。

その後は、香油を入れた風呂でモナが丁寧に湯浴(ゆあ)みを手伝ってくれた。

まるで、叔母夫婦に捕らわれる前に戻ったような幸福感にうっとりするも、やはり一日で色々なことが起きすぎて落ち着かない。

それに、落ち着かない理由は他にもあった。

(夫婦の寝室ということは……やっぱり、アルフォンス様と二人で使うのよね?)

エメリーヌの私室と続き部屋になっていた寝室には、天蓋付きの広い寝台が置かれ、モナから夫婦の寝室だと説明された。

昨今は正式な結婚をしていなくとも、婚約者であれば結婚式を待たずに一緒に暮らし、寝台を共にする風潮がある。

特に貴族階級においては、跡継ぎ問題が重要視されるからだろうか。結婚式で既に懐妊しているのはむしろ縁起がいいと言われるそうだ。

同情で結婚してもらったようなものなのに、彼はエメリーヌと子を作る営(いとな)みをすることにも抵抗はないのだろうか?

昼間、求婚を受けると伝えたら、アルフォンスから予想以上に歓喜されたのもあり、こうしてすぐ寝室まで一緒にされると、なんだか普通に愛されて結婚するようでドキドキしてしまう。

（……でも、こんなのは自惚れよね）

彼はごく幼い頃のエメリーヌを知っていただけで、本来なら求婚するつもりはなかったとはっきり言っている。

単にエメリーヌの亡き両親への義理として、結婚という形で窮地を救ってくれたに過ぎない。

彼の考えがどうであれ、助けてもらった立場のエメリーヌに拒否権はないと思う。

彼の厚意に感謝し、せめてそれに報いられるよう、立派な妻になるべく努力する……それが一番ではないか。

社交界デビューでうっかり男性と間違いを犯さないよう、生家にいた頃にそうした性の基礎教育も受けてはいるが、抽象的すぎて今一つよくわからなかった。

ただ、とにかく衣服を脱いで夫に身を任せればいいのだということは知っている。

（アルフォンス様はまだお帰りにならないみたいだし、今夜は先に一人で休んでいていいと言われたけど……）

じっとしていると、未知の体験である夫婦の営みについて考えてしまい、ソワソワしてしまう。

エメリーヌはそっと寝台に視線を移し、それからまた部屋をぐるりと見渡した。

どっしりした寝台もそうだが、この部屋もまたいるだけで身が竦みそうな威圧感に満ちている。

調度品はどれも歴史のありそうな立派なものだし、安易に模様替えなどできない雰囲気がある。

それでもエメリーヌに与えられた私室のように、ほんの少し小物を追加したり、明るい雰囲気の花を飾ったりすれば、もっと居心地がよくなりそうなのに……。

自分が口を出すことではないが、つい惜しいと考えてしまい、独り言が零れた。

「緑に金模様のガラス花瓶なら、お部屋の雰囲気を壊さないで綺麗に飾れそうよね。今の季節なら、ピンクと白のベゴニアを活けたいわ」

「それはいいな。部屋の雰囲気が明るくなりそうだ」

不意に背後から声が聞こえ、エメリーヌは慌てて寝台から立ち上がった。

湯浴みを終えたばかりなのか、バスローブ姿のアルフォンスが、エメリーヌの部屋に続くものとは反対の扉から姿を現した。

「お、お帰りなさいませ。アルフォンス様」

とっさに答えた声は、自分でも滑稽なほどに裏返っていた。

男性のこんな寛いだ姿を見るのは初めてだ。自分も寝衣なのがやけに恥ずかしく、視線を彷徨わせる。

「ただいま、エメリーヌ。てっきり、もう眠っていると思っていて……驚かすつもりはなかった」

やや弁解じみた調子で言うアルフォンスに、エメリーヌは慌てて首を横に振る。

「平気です！　その……今日は色々なことがあったので、なかなか寝つけなくて……」

「そうか」

アルフォンスは頷いて寝台に腰を下ろすと、エメリーヌに隣に座るよう促した。

「結論から話すと、君の叔母夫婦は正式に後見人から外す手配がとれた。また、抵当に入れられていた領地の屋敷や街屋敷に関しても、きちんと取り戻してある。エメリーヌ、君は自由だ」

「っ！」

エメリーヌは息をのみ、目を見開いてアルフォンスを見つめた。

あまりの驚きに、とっさに言葉がでない。

エメリーヌが決してできなかったであろうことを、彼はたった半日で達成したというのか。

「それから、コルベルに関してももう心配は不要だ。君に直接謝罪させようかとも思ったが、あんな暴力を振るった相手だ。無理に顔を合わせない方がいいと思ってね」

「あ、ありがとうございます……本当に……コルベル様には、もうお会いしたくありません」

どこまでもこちらの気持ちを慮ってくれるアルフォンスに、エメリーヌは心から感謝を述べた。

「マニフィカ伯爵家の財産管理については、我が家の信頼できる弁護士を後日紹介しよう。それに、他に何か気がかりなことがあれば、遠慮なく頼ってほしい」

「あ……」

エメリーヌの脳裏に、街屋敷を追い出されてしまった優しい管理人夫妻の顔が思い浮かんだ。

「こんなにもお世話になってしまって、図々しいとはわかっているのですが……一つだけお願いがあります」

あの叔母夫婦が、管理人夫婦に十分な退職金や次の仕事先などを用意したはずがない。

「なんだろうか？　エメリーヌの力になれるのは嬉しいのだから、遠慮など無用だ」

「実は……」

叔母夫婦によって元々いた管理人夫妻が追い出されてしまい、今どうしているのか心配だと言うと、アルフォンスは真剣に聞いてくれた。

「それは心配だな。すぐに見つかるかは分からないが、人探しの得意な者に頼もう」

そして彼はエメリーヌから、管理人夫妻の名前と特徴を聞き、一度寝室を出て行ってからすぐ戻ってきた。そして再びエメリーヌの隣に腰を下ろす。

「明日の一番で捜索に取りかかるよう使いの者を手配した。見つかり次第連絡が来るはずだから、今は待っていてくれ」

「アルフォンス様！」

こらえ切れず、気づけばエメリーヌは彼の手を取って両手で握りしめていた。

「なんて感謝をしたらいいか……」

「そんなに喜んでもらえると俺も嬉しい」

アルフォンスは優しく微笑み、そっとエメリーヌの髪を撫でた。

「あ……」

バスローブ越しでも伝わる筋肉質な硬くて大きな身体に、すっぽり包み込むように抱きしめられると、ふわりと石鹸の香りがした。

（アルフォンス様の匂い……）

そう思った途端、心臓が早鐘を打つ。

顎に手を添えて上を向かされると、端整なアルフォンスの顔が近づいてくる。

エメリーヌは反射的にギュッと目を瞑った。同じように固く閉じた唇に、柔らかなものが重なる。

(こ、これが……)

初めてのキスに、心臓が壊れそうなほどにドキドキと脈打つ。

「エメリーヌ……」

熱っぽい声で囁かれるたび、頭の中がふわふわとしてくる。

唇が一度離れて、すぐにまた塞がれた。今度は先程より長く、深く。アルフォンスの舌が歯列を割って入り込んでくる。

温かな舌が絡み合い、口内を愛撫される感覚も伝わってくる。

「ん……ん……」

勝手に零れ出す鼻に抜けるような声は、自分のものではないようで、背筋がゾクゾクと戦慄く。

ようやく唇が離れた時には、エメリーヌはすっかり息が上がってしまっていた。

「は……はぁっ……」

まだぼうっとしたまま、優しく寝台に押し倒される。

しかし、彼の手が寝衣のボタンにかかった瞬間、冷水を浴びせられたようにハッと我に返った。

これから男女の行為をするのだと生々しく理解し、全身に緊張が走る。

無論、コルベルから乱暴に組み敷かれた時とは、全く違った。あの凄まじい嫌悪感など微塵もない。

しかし、未知の経験が怖いと思うのはどうしようもなかった。

表情が自分では制御できないまま強張り、全身が小刻みに震え出す。

「エメリーヌ……?」

「ちっ、違うんです！　嫌だというわけではなくて、ただ……」

緊張しているのだと訴えようとした声さえ、情けなく上擦って掠れている。

なんとかしなければと焦っていると、優しく抱きしめられた。

「すまない……未遂とはいえあんなことがあったばかりだ。男の俺にこんなことをされたら、怖くて当然だな」

「で、ですが……」

彼は婚約までしてエメリーヌを救ってくれたというのに。

そのお返しに自分が何かできるとすれば、妻の役目をきちんと果たすことくらいだ。

エメリーヌを宥めるように、アルフォンスはポンポンと軽く頭を叩いた。

「まだ婚約期間なのだし、焦る必要もない。だから、そうだな……まずは添い寝だけしてみないか？」

最後の方は少しおずおずといった感じでアルフォンスに提案され、エメリーヌは即座に頷いた。

「は、はい！」

「それでは、そろそろ寝ようか。……おやすみ」

そう言うと、アルフォンスは部屋の灯を落とし、エメリーヌの前髪に軽く唇をつけてから、こちらに背を向けて横になった。

エメリーヌは呆然と横たわったまま、口づけられた前髪にそっと手で触れる。

（やっぱり、あの優しいお兄様だわ……）

正直に言うと、彼と過ごした幼い頃の記憶は、殆どない。

はっきり覚えているのは、将来お茶会に招く約束をしたことくらいだ。あとは漠然と、ただ優しい人だったと記憶しているだけで、どんな形で初めて会ったのかも覚えていない。

それでも彼が今も優しいことは確かだ。今日だけで、どれほどエメリーヌを助けてくれただろうか？

（アルフォンス様……私、せめて貴方に恥じない妻になるよう、努力します）

心の中で、そっと呼びかけてみる。

世の中にはエメリーヌよりもっといい家柄で、性質も外見もより素敵なご令嬢がたくさんいるはず。

アルフォンスのように素敵な人だったら、そんな相手がいくらでも選べただろうに、義理堅い彼は恩人の娘を助けるために求婚してくれた。

それを忘れてはいけないし、自分だってアルフォンスの厚意に報いる努力をするつもりだ。

先ほどまでドキドキと落ち着かなくてとても眠れそうになかったのに、やはり身体は疲れていたのだろう。

徐々にエメリーヌの瞼が重くなり、夢の世界に落ちるまで、そう時間はかからなかった。

＊　＊　＊

アルフォンスは静かに身体を反転し、隣で眠るエメリーヌの寝顔をそっと覗き見た。

美しい金色の髪と長い睫毛が、白い頬に陰影を落としている。

仰向けになり、すやすやと眠るその様は、昔エメリーヌにせがまれて読んだ童話に出てくるお姫様のようだ。

「……」

その美しさに思わず息をのむ。

だが今は、そんな光景すら胸をざわつかせる材料にしかならない。

（……我ながら情けない）

つい先日まで結婚など考えたこともなかったというのに、今では彼女を誰よりも愛している自覚がある。

いや、むしろ今まで色恋沙汰には興味がなかった分、余計にタチが悪いかもしれないなと思うくらいには冷静さを欠いていた。

そんな自分が怖いのか、それとも別の感情からなのか、とにかく落ち着かない。

エメリーヌが愛おしくて、欲しくてたまらないのだ。

「ん……」

そんなことを考えていると、彼女が小さく声を漏らした。

（しまった）

見つめすぎて起こしてしまったかと思ったが、彼女は瞳を開けることなく、また規則正しい寝息を立て始める。

アルフォンスは安堵の吐息を漏らした。

（エメリーヌに無理などさせるわけにはいかない）

先ほどアルフォンスに押し倒された時、必死に恐怖に耐えようとするように身を震わせていた彼女を思い出す。

彼女は今日までアルフォンスが求婚していたことに気付いていなかったのだし、昼間には別の男に襲われかけたばかりだというのに。

急にこんな展開になっても、落ち着いて夜伽を楽しめるわけがあるまい。

己の浅慮にアルフォンスは猛省するも、身体は正直だ。

暗がりに慣れてきた目が、呼吸に合わせて上下するエメリーヌの柔らかそうな胸元をとらえ、下半身がズクリと疼く。

夏物の白い薄手の寝衣は、エメリーヌによく似合う可愛らしくて上品なデザインだったが、胸元が少々開きすぎていた。

「っふ……」

彼女がまた身じろぎすると胸元が更に乱れ、二つの膨らみに挟まれた谷間がチラリと覗く。

（こ、こらえろ！）

今、欲望に負けてしまえば、間違いなく彼女を傷つけてしまうだろう。

だが、そう思う半面、彼女への愛欲がどんどん膨れ上がっていくのを自覚する。

早く繋がりたいという思いと、大切にしたいという二つの感情がせめぎ合い、相反する感情に頭がおかしくなりそうだった。

辛い。このままここにいては、大変まずいことになる。

エメリーヌの眠っている隣で自分を慰めたりして、その最中に彼女が目を覚ましたりしたら……！

――うん。羞恥で死ねるな。

その光景を想像し、とりあえず寝台から離れようとしたその時だった。

「ん……っ」

突然エメリーヌが寝返りを打ち、彼女はそのままアルフォンスに抱きついてくる形になる。

（な……!?）

寝衣の裾から露になった細い脚が、アルフォンスを離すまいとでもいうように絡みついてきた。

（待て待てっ！　待つんだっ！）

そんな大胆なことをされては困るのに、夢でも見ているのか彼女は起きる気配がない。

「っ！」

布の下で張り詰めていたアルフォンスの熱が、彼女の太腿に擦り上げられ、息を詰める。

たったそれだけで、危うく果ててしまうところだった。

「アルフォンス様……」

彼女の唇から、吐息とともに小さな声が漏れた。

おそらく寝惚けているのだろう。ふにゃふにゃと何か言っている、ごく小さな寝言だ。

しかし、その声がまるで自分を誘っているように聞こえ、アルフォンスはゴクリと唾を飲み込む。

その時だった。

「私……もう、一人になりたくない……」

泣きそうな声とともに、しがみつかれる。

「……エメリーヌ。大丈夫だ」

アルフォンスは横たわったまま、そっと彼女を抱きしめた。

「君を決して一人にしない。全てのものからきっと守ってみせる」

しがらみも多く苦労しがちな大貴族に娘を嫁がせたくなかったという、亡きマニフィカ伯爵夫妻の意向に背いてしまった以上、アルフォンスには彼女を守る義務がある。

いや、義務や義理など関係なく、愛した女性を大切に守りたいのは当然ではないか。

静かに背中を撫でていると、エメリーヌは再び深い眠りに落ちたようだ。

しかし、彼女の柔らかな身体は相変わらずアルフォンスに抱きつき密着したままで……。

結局その夜、アルフォンスは一睡もできなかったのだった。

5　思い出と新しい発見

翌朝、エメリーヌは小鳥の鳴き声で目を覚ました。しかし瞼を開けた瞬間、こちらを見つめるアルフォンスと至近距離で目が合い、危うく叫びそうになる。

「おはよう」

「お……おはようございます……」

動揺しつつ、やっと昨日のことを思い出した。

（うう……恥ずかしい……！）

男性と同じ寝台で眠るなんて初めての経験だ。

昨夜の口づけもはっきり思い出してしまい、恥ずかしさのあまり顔が熱くなる。

そんな自分を見て何を思ったのか、アルフォンスはふっと笑った後、優しい眼差しを向けてきた。

「……よく眠れたようでよかった」

「はい……あ、ありがとうございます」

そう言うわりに、アルフォンスの方はなぜか目が血走っているしうっすらと隈(くま)まである。いかにも寝不足のような感じだ。

しどろもどろになって答えると、エメリーヌの部屋に通じる扉の方からノックの音が聞こえた。

「旦那様、エメリーヌ様。おはようございます」

モナの声だ。

「身支度を整えるといい。朝食の席で会おう」

アルフォンスはそう言うと部屋を出て行った。

（……）

一人残されたエメリーヌが、アルフォンスが出て行った扉をじっと見つめていると、湯気の立つ洗面器を手にしたモナが入ってきた。

「さあ、お支度いたしましょう」

モナは濡れタオルで顔を拭い、髪を梳(す)き、身支度を手伝ってくれた。

しかし、日常用のドレスに着替えるのかと思ったが、モナが持ってきたのはこれから馬車旅でもするのかと思うような、軽やかな外出着だ。

「朝食の時に、旦那様から本日のご予定を話されるそうです」

とっておきの秘密を隠している子どものように、モナは楽しそうに笑いながら言う。

「まぁ、何かしら？」

「私からこれ以上は言えません。さ、旦那様がお待ちです」

エメリーヌの髪を綺麗に結い上げ、モナが櫛を置いた。


朝陽の射し込む食堂に移動すると、やはり身支度を終えたアルフォンスが待っていた。

彼も、これから旅行にでも行くような服装をしている。そして、彼は何を着ても様になるのだと思い知った。

「エメリーヌ？」

ぼぅっと見惚れて立ち尽くしていると、不思議そうに声をかけられ、ハッと我に返る。

「あ……お待たせしました」

慌てて挨拶をし、エメリーヌはカトラリーが用意されている彼の向かいに座った。

柔和な顔立ちの執事が椅子を引いてくれ、まずは湯気の立つスープが運ばれてくる。

食前の祈りをし、エメリーヌはスプーンを手に取った。

昨夜の食事でも思ったけれど、この屋敷で出される料理は本当に美味しい。

しかし、喉を滑り落ちていく温かなスープは、昨夜よりももっと美味しくて幸せな味がするように感じる。

少し考えて、それは向かいにアルフォンスがいるからだとわかった。

こんな風に誰かと食事をとるのは、考えてみれば両親を亡くして以来だ。

しかも王都で軟禁されていたここ数か月は、自室で叔母夫婦に怯えながら、冷え切った食事を無理やり飲み込む状況だった。

穏やかな雰囲気の中、信頼する相手と食事をとるのがこんなに幸せなことだなんて……。かつてはそれが当然だと思っていたから、そのありがたみに気付かなかったのだ。

「どうした？」

食事の手が止まっているのに気付いたのか、アルフォンスが問いかけてくる。エメリーヌは首を横に振って答えた。

「いえ、とても美味しいと思って」

自然と笑みが零れる。そんなエメリーヌの様子に、アルフォンスは少しホッとしたように微笑み返してから、再び口を開いた。

「今日からしばらく、仕事は休みを取っている。ご両親の墓前へ結婚の挨拶に行こう」

「え……？」

「急ですまない。実は驚かせようと思い、昨日から君に黙って勝手に話を進めていたんだ。既に伯爵家の屋敷にも使いを出している」

唐突な言葉に驚きすぎて、エメリーヌは無言で何度か瞬きをした。

故郷に帰れる……しかも、アルフォンスも一緒に来てくれて、両親の墓前で結婚報告まで……。

「……エメリーヌ？　内緒で話を進めて、気を悪くしただろうか？」

心配そうに尋ねられ、ハッとして首を横に振る。

「いいえ、いいえ！　そんな……嬉しくて、なんと言ったらいいか……ありがとうございます！」

「そうか、よかった」

アルフォンスが嬉しそうに笑い、エメリーヌの胸に熱いものがこみ上げる。

目の前に、懐かしい故郷の風景が広がって見えるような気がする。きっと今の季節は、屋敷の庭も領内の薬草畑もマリーゴールドが満開だろう。

昨日までは、金色の絨毯が広がったようなあの景色を見ることは二度と叶わないかもしれないと諦めていたのに……。

（私……本当にこんな素敵な人と結婚するのね）

改めて実感すると、なんだかくすぐったいような気持ちになる。

同時に、これほどまでに素晴らしい彼に釣り合う妻に、果たして自分がなれるのか不安にもなってきた。

（……悩んでいてはだめ。なれるかどうかではなく、なるのよ！）

もう小さな子どもではなく、立派な大人なのだから。決意を固めなければ。

エメリーヌは、パンをちぎって口に入れながら、心の中で気合を入れた。

数時間後。エメリーヌはアルフォンスと馬車に乗り、マニフィカ伯爵領に向かっていた。

屋根の上に積まれた荷物の量がやけに多いと思ったら、なんと彼は一週間も休みをとっており、ゆっくり伯爵領に滞在できるそうだ。

モナに聞いたところ、有能なアルフォンスは、王宮でも何かと頼りにされて多忙な毎日らしい。

それなのに、エメリーヌの里帰りのためにこうして時間を作ってくれるなど、いくら感謝をしても足りないくらいだ。

王都から伯爵領まで、順調に行けば半日で着く。

本日は気持ちのいい晴天で、絶好の旅日和（たびびより）だ。

屋敷から少し走ると王都を抜け、長閑な田舎道に入る。開いた窓の外からは心地よい風が吹き込み、流れていく緑豊かな景色にエメリーヌは目を細めた。

「いい天気だな。これなら予定通りに着きそうだ」

「はい。領地の皆に会えるのが楽しみです」

「ああ、俺もだ。結婚の報告を早くしたい」

アルフォンスは優しく微笑むと、そっとエメリーヌの手を握った。

「……っ！」

驚いて見上げると、こちらを見つめる彼と目が合った。二人きりの馬車内で、エメリーヌのすぐ間近に綺麗な彼の瞳がある。

（わ……）

ドキリと胸が高鳴り、思わず目を逸らしてしまう。頬が赤くなるのを感じた。

「す、少し、暑いですね……」

手を握られて真っ赤になってしまっているのを誤魔化そうと、さりげなく手を離して扇を取り出す。

「そうだな」

アルフォンスはさして気にした様子もなく、すぐに手を引っ込めた。

ホッとするも、少し残念に思う自分に気付き、エメリーヌはいっそう顔を赤らめる。一瞬、昨夜のようにまた口づけをされるかと思った。

（……何を考えているの？　私ったら！）

心の中で自分を叱りつけながら、扇でパタパタと顔をあおいだ。

馬車は順調に進み、途中の村で軽く休憩を取って、夕方近くにマニフィカ領へと到着した。

緑濃い森を抜けると、微かにオレンジ色がかった陽の光に照らされた、一面の花畑が目の前に広がる。

「………………」

喉が詰まって言葉も出ず、エメリーヌは涙を浮かべて窓の外に広がる景色を眺めた。

感激のあまりここを離れてからまだ半年も経っていないのに、随分と久しぶりに感じる。

「エメリーヌ様⁉」

近くの畑で作業をしていた農夫が、こちらを見て目を丸くする。だがすぐに日焼けした顔をクシャクシャっと笑顔にし、帽子を取ってお辞儀をしてくれた。

「エメリーヌ様がお戻りになったの⁉」

「お帰りなさいませ、エメリーヌ様！」

近くで作業をしていた女性や子どもも駆け寄ってくる。

「皆……」

屋敷に近いこの農地を、幼い時からよく家族で訪れた。

花畑でピクニックをしたり、収穫や食用油絞りを見学したりと、楽しい思い出はつきない。

アルフォンスが合図をして馬車を止めてくれたので、エメリーヌは窓から皆に声をかける。

「ただいま。皆、変わりはないかしら？」

「はい。亡き旦那様が配ってくださいました農耕器具で、以前よりもずっと作業が楽になりました」

髪と髭の真っ白くなった村長が深々と頭を下げ、それからアルフォンスをチラリと見た。

「エメリーヌ様は王都で静養中だと伺っておりましたが、お元気になられたようで何よりです。あの……そちらの御方は……？」

「あ、彼は……」

紹介しようと口を開きかけたところで、アルフォンスが先に名乗った。

「アルフォンス・バラデュールだ。エメリーヌの婚約者として、今日は亡き伯爵夫妻の墓前へ報告に来た」

その名前に、周囲の人々がざわめいた。

しかしすぐに皆、笑顔になって口々に叫ぶ。

「おめでとうございます！」

「まぁ、素敵‼」

「お幸せになってください、エメリーヌ様！」

派手に祝福され、思わずエメリーヌの頬が赤くなった。

「ありがとう……」

人々に手を振り、また馬車が動き出す。

見慣れた景色の中を馬車は進んでいき、やがて伯爵家の屋敷に着いた。

「エメリーヌ様！」

驚いたことに、門のところには使用人が全員集まっていた。

エメリーヌがアルフォンスの手を取って馬車から降りると、先頭に立っていた執事が一歩進み出た。

「お帰りなさいませ。よくぞ無事お戻りになってくださいました……」

そう言ってお辞儀をした執事は、以前と変わらずピシッとしていたけれど、エメリーヌが屋敷を出た時よりもかなりやつれた感じがした。

道中アルフォンスから聞いたところ、執事は叔母夫婦が強引に連れ出したエメリーヌを心配して、何度か屋敷を訪問していたらしい。だがいつも追い返されていたそうだ。

「バラデュール侯爵閣下より、全て伺っております。きっと亡き旦那様と奥様もご結婚をお喜びでしょう」

「ええ……」

懐かしい顔ぶれを前に、エメリーヌは涙をこらえて頷くのが精一杯だった。

一体なぜ、この城で自分は独りぼっちになったなどと思ってしまったのだろう？

使用人も領民も皆、エメリーヌを心から案じ見守ってくれていたのに……。

「ここに戻れてよかった……アルフォンス様、本当にありがとうございます」

目の端に浮かんだ涙をそっと指で払うと、アルフォンスに肩を抱かれた。

「エメリーヌが昔から皆を大切にしているから、皆にも愛されているのだろうな」

優しく柔らかな声に、また泣けてきてしまう。

エメリーヌはハンカチで顔を覆い、改めてアルフォンスと、そして自分を待っていてくれた皆に感謝の言葉を伝えた。


もう辺りは暗くなり始めていたので、墓参りは明日にしようということになった。

エメリーヌは旅装から着替え、アルフォンスと夕食を済ませた。

アルフォンスはここで少年時代に一年間過ごしたといっても、離れと庭にしか立ち入らなかったそうだ。

「――落ち着けるとてもいい内装だ。エメリーヌの趣味のよさは、母君譲りなのだな」

夕食の後、メイドと一緒にアルフォンスを客間に案内すると、感嘆の息を吐いてそう言ってくれた。

この客間を始め、屋敷内の部屋の殆どは、母とエメリーヌで装飾を決めてたびたび模様替えをしていた。それを褒められて照れ臭くも嬉しくなる。

「ありがとうございます。気に入って頂けたのなら光栄です」

今回の滞在中、エメリーヌは私室に寝泊まりし、彼には一番いい客間を使ってもらうことになった。

仮にも婚約した間柄なのだから、二人で同じ部屋を使うべきなのだろうかと悩んでいたら、アルフォンスにそれも見透かされていた。

まだ夫婦でもないのだし、慣れた自室で一人ゆっくり休んだ方が良いと勧められ、その言葉に甘えることにしたのだ。

「では、私はこれで……おやすみなさいませ」

エメリーヌはお辞儀をして、メイドと自室に向かうべく踵を返した……が。

「あっ……エメリーヌ！」

唐突にアルフォンスから呼び止められ、足を止めて振り向く。

「はい。何かご用でしょうか？」

尋ねると、アルフォンスは心なしかソワソワした感じで目を彷徨わせた。

「用というか……せめて、エメリーヌを部屋まで送らせてくれないか？」

「え、ですが……」

女性を部屋まで送るのは紳士の嗜みらしいけれど、お客様の彼にそんなことをさせていいのだろうか？

狼狽えていると、傍で一部始終を見ていたメイドが突然腹を押さえてしゃがみ込んだ。

「うっ！」

「ど、どうしたの!?」

驚いて尋ねると、彼女はかなりわざとらしく顔を歪めてみせ、困ったように息を吐く。

「大変申し訳ございません。急にお腹が痛くなってしまいまして……大してことはないと思うのですが、すぐにエメリーヌ様をお部屋にお送りするのが難しそうです。困りました……」

下手にもほどがある棒読みに、アルフォンスは噴き出すのを懸命にこらえているようだった。

「それは大変だな、すぐ医務室に行くと言い。彼女は俺が送っていくから心配しないでくれ。

婚約者として当然のことだ」

　大真面目な顔でアルフォンスが頷き、メイドに行くよう促す。

　そしてエメリーヌをエスコートするべく、優雅に片腕を差し出した。

「部屋が別々なのに不満はないが、少しでも長くエメリーヌと一緒にいたい。俺の我儘を聞いてくれるだろうか？」

「我儘だなんて……私も嬉しいです」

　最後の方は恥ずかしくて殆ど呟くような声で言い、エメリーヌはドキドキしながら彼の腕に手を預ける。

　エメリーヌの部屋は三階にある客間から少し離れた、二階の両親が使っていた部屋の隣だ。

　彼の腕を取って階段を降り、長い廊下を歩いている間はとても緊張し、やけに遠く感じた。

　それなのに、いざ自室に着いてしまうと、もうお別れかとなんだか寂しい。

「おやすみ、エメリーヌ」

　アルフォンスが周囲に誰もいないのを確認し、エメリーヌの額にそっと唇を触れさせた。

「んっ」

　途端に、ゾクリと愉悦に似た感覚が背骨を震わせ、自然とそんな声が小さく漏れた。

「あ……おやすみなさいませ！　いい夢を！」

妙に気恥ずかしくて、エメリーヌは照れ笑いで誤魔化しながら部屋に飛び込む。

パタンと閉めた扉に背を預け、コツコツと彼の靴音が遠ざかっていくのを聞きながら、まだ柔らかな唇の感覚が残る額にそっと触れた。


翌日も快晴だった。

エメリーヌはグレーの帽子とドレスを身に着け、正装をしたアルフォンスと馬車に乗って両親の眠る墓地に向かった。

教会の司祭もエメリーヌの帰郷を喜んでくれ、綺麗に整えられた墓地まで付き添ってくれた。

エメリーヌがしばらく来られなかったにもかかわらず、両親の墓は清掃が行き届き、たくさんの花が手向けられていた。

屋敷の者や領民がよくお墓参りに来るのだと司祭は話してから、積もる話もあるだろうと、エメリーヌとアルフォンスだけにしてくれた。

エメリーヌも持参した花束を供え、墓前に跪く。

「お父様、お母様……ただいま。ようやく帰ってきました」

磨かれた墓石を撫で、エメリーヌはそっと語りかけた。

「心配をかけてごめんなさい。でも、もう大丈夫ですから……」

かつては毎日、この墓に縋りついて泣いていたというのに。今、不思議なほどに心は穏やかだった。

傍らにいるアルフォンスが丁寧に死者を悼む礼をし、墓前に片膝をついた。

「貴方たちの思いに背くことを、どうかお許しください。私は、エメリーヌを妻にしたいと思います」

「アルフォンス様……」

そもそも、彼はエメリーヌを助けるために結婚するというのに。

両親の墓前へ真摯に跪いてくれる彼に、胸が熱くなる。

(私、こんなにも幸せでいいのかしら？)

彼の厚意に甘えているのだと思うと心が痛むが、こんなに大事にしてもらうと、少しばかり自惚れたくもなる。

――アルフォンス様も、私を結婚相手としてそう悪くないと考えてくれているのでは？

「ありがとうございます、アルフォンス様。両親もきっと喜んでいるはずです」

「それならば光栄だ」

そう言って笑うアルフォンスが、とても眩しく見えるのは、夏の陽射しが強いせいだけではないだろう。

ドキリと心臓が跳ねて、今まで感じたことがない胸の苦しさに襲われる。

思わず胸元を手で押さえると、アルフォンスが目を見開き、エメリーヌを支えた。

「具合でも悪くなったのか？」

「い、いいえ……その……」

こんな気持ちは初めてだから、どうしてなのか自分でもよくわからない。

「……少々、陽射しに当たりすぎたのかもしれません」

考えた末にそう言うと、ふわりと横抱きにされた。

「きゃっ⁉」

「今日はもう帰ろう。これ以上無理をしてはいけない」

「は、はい……」

アルフォンスは軽々とエメリーヌを横抱きにしたまま馬車に向かう。

「……あの、重くないですか？」

「いや？　羽のように軽い。ずっと抱いて歩いてもいいくらいだ」

そんなことを微笑んでサラッと言われ、頬が熱くなる。

「こっ、子どもではないのですから、自分で歩けます！」

今更かもしれないが、小さな子ども扱いされたくなくて、降ろしてもらった。……とはいえ、もう馬車のすぐ傍まで来ていたが。

「そうか、残念だ」

少し残念そうに言うアルフォンスから、エメリーヌは視線を逸らす。

抱き上げられた時の感触がまだ身体に残っていて、どうしようもなく胸がドキドキしていた。なんだか気恥ずかしくて、アルフォンスの顔をまともに見ることができない。

二人が乗り込むと、馬車はすぐに出発した。

「……何か、気を悪くさせたならすまない」

馬車の中に立ち込める微妙に気まずい沈黙を、アルフォンスが破った。

「えっ⁉　いいえ、気を悪くだなんて、そんな……」

心配そうなアルフォンスに、慌ててエメリーヌは首を横に振る。

「ただ、その……抱き上げられたのが、少し恥ずかしかったので……」

バツの悪い思いでエメリーヌが白状すると、アルフォンスは目を丸くした後、柔らかく微笑んだ。

「エメリーヌは本当に可愛らしいな」

柔らかな声に、いっそう頬が熱くなるのを感じた。

「そっ、それよりも両親へ無事に報告ができてよかったです」

話題を逸らそうと、窓の外の遠ざかっていく教会へ視線をやる。

「ああ、そうだな」

「……一緒に来てくださってありがとうございます。両親が亡くなったことは未だに悲しいですけれど、今日は初めて、お墓に行っても泣かずに済みました」

自分は一人残されたわけではない。周りにはエメリーヌを心配してくれる大切な人がたくさんいる。

自己憐憫に浸って嘆いてばかりで、その人たちを自分が悲しませてはいけないのだと思えた。何よりも、エメリーヌをここまでして助けてくれたアルフォンスに対して失礼だ。

「それはよかった」

アルフォンスが安堵したように呟き、微笑んだ。その笑みに、ドキリとまた胸が高鳴る。

(私、どうしてしまったのかしら……?)

自身でも持て余すよくわからない感情に自問自答しながら、エメリーヌはそっと胸を押さえた。

屋敷に戻ったエメリーヌたちは着替えを済ませ、昼食をとってから庭を散歩することにした。

「懐かしいな。あの頃と、まるで変わっていない」

手入れの行き届いた広い庭に、アルフォンスが目を細めた。

昔、彼と母親が一年間を過ごした離れの建物は、庭の奥にひっそりとある二階建ての小さなものだ。

屋敷と同じ蜂蜜色の石材で作られたこの離れは、数本の庭木が目隠しになっていて、周囲からは簡単に見えないようになっている。

元々はなんのために建てられたのか不明だが、アルフォンスたち母子がいなくなってからも、周りの花壇には綺麗に花が咲いており、母は離れの掃除を欠かさないよう使用人たちに言っていた。

普段は鍵をかけて閉めている、ずっと誰も使わない建物なのにと不思議だった。

しかし、今ならわかる。きっとアルフォンスたちが万が一にも戻ってきた時、再び匿えるように手入れをし続けていたのだろう。

アルフォンスは足を止め、懐かしそうに離れを見上げた。

彼がマニフィカ家に匿われた経緯を考えれば、決して幸福な記憶ではないはずだが、その目に憂いはない。

昨日、彼が侯爵邸の応接間で『あの一年間は俺にとって、何にも代えがたい素晴らしい時間だった』と、語っていたのを思い出す。

「……中も手入れがされているはずですが、ご覧になりますか？」

思い切って尋ねると、彼が軽く目を見開いた。

「いいのか？」

「勿論です！　少し、待っていてくださいね」

エメリーヌは張り切って屋敷に駆け戻り、メイドに離れの鍵を出してきてもらった。

息せき切ってアルフォンスの下に戻ると、彼が驚いたように背中をさすってくれる。

「そんなに急がなくてもいいのに……」

「はぁ……はしたなくて申し訳ありません……ただ、私もここには、一度も入ったことがなかったので……ワクワクしてしまって……」

こんな有様では、墓地で抱きかかえられた時のように、『ずっと抱えていられる』なんて子ども扱いされても仕方ないのかもしれない。

内心で反省しながら、エメリーヌは何度か大きく深呼吸し、扉の錠に鍵を差し込んで回す。

頑丈な木造りの扉がゆっくり開くと、真っ暗な室内が見えた。

鍵を出してくれたメイドの話では、普段は鎧戸を閉めているものの、数日おきに空気を入れ替えて掃除もしているそうだ。

「暗くて危ないな。窓を開けてくるから、ここで待っていてくれ」

アルフォンスはそう言うと、危なげない足取りで暗い室内に入っていく。

そしてすぐにガタガタと物音がして、室内がパッと明るくなった。

「わ……」

窓から射し込む光に照らされてエメリーヌの視界に現れたのは、クリーム色の壁紙とダークブラウンの木材で統一された、こぢんまりとした居間だった。

家具には全て布覆いがかけられていたが、床には埃もなく、柱も窓枠も艶々と磨かれて黒光りしている。

「本当に懐かしい……」

アルフォンスがポツリと呟き、遠い昔を懐かしんでいるような目で、室内を見渡す。

「今でも昨日のことのように思い出せるよ。ここに来てしばらくはまだ身体の弱っていた母のために、エメリーヌの母君が滋養強壮に効く煎じ薬をよく持ってきてくれた」

「母が……?」

「ああ。君の父君も、雨の日には俺が外で鍛錬ができないだろうからと、よく勉強を教えてくれた。博識で、優しい方たちだった」

「そんなことが……」

彼の口から、自分の知らなかった両親のことを聞けるなんて、新鮮な気分だ。

同時に、彼のことをもっと知りたくなる。これからの人生では共通の思い出をいっぱい作りたい。

恩義から結婚してくれるだけなのに、ついうっとりとそんなことを考えてしまう。

「母も、ここで過ごした日々は生涯忘れないそうだ」

「あ……そういえば、アルフォンス様のお母様には、先にご挨拶に伺わなくてよろしかったのでしょうか?」

今更ながら、肝心なことを忘れていたのに気付いて慌てた。

結婚の挨拶は通常なら、女性の親の方に先に行くことが多いけれど、アルフォンスの母親は今も元気だという。

それなら故人への報告よりも、先に挨拶に行くのが筋なのではないだろうか。

「ああ、それなら心配はいらない」

エメリーヌの表情を見て不安を察したように、アルフォンスが頷いた。

「何しろ、俺が元より婚約したつもりでいただろう? 母にはとうに報告済みだ」

そう苦笑され、エメリーヌもアッと思い出した。

「そ、そうでした……」

「それに母の住んでいる場所はここから随分と離れている。なので、君には結婚式の時に挨拶させてほしいと言っていた」

そしてアルフォンスが告げた地方の名前は、確かにここからは随分と離れた国境付近の僻地だった。

そんなにも離れているのなら、おいそれと行き来できないのも納得である。

アルフォンスの母に関してもエメリーヌの記憶はおぼろげで、母とよくお茶をしていた物静かな雰囲気の婦人という印象しかない。

「わかりました。では、ご挨拶できるのを楽しみにしていますね」

そう答えると、アルフォンスは嬉しそうに微笑んだ。

「ありがとう」

それから二人でもう少し離れの中を見て回った。

二階の小部屋の一つを、アルフォンスの寝室兼勉強部屋に使っていたそうだ。

掃除係が虫干しの準備をしていたのか、書棚からは布覆いが外され、びっしりと本が詰め込まれているのが見える。

エメリーヌの好きな挿絵のある絵本や詩集とは全然違う、どれも難しそうな本ばかりだ。

外国語の本らしきものもあった。

「すごい数ですね。これを全部読んだのですか？」

「ああ。これも君の父君が用意してくださった。侯爵家でも最低限の教育は受けていたが、ここにいた一年は落ち着いて勉学に励めたおかげか、初めて知識を得るのが楽しく感じた」

そう言うアルフォンスの笑みには、少し照れが見えた。

そんな姿を見ているとなんだか微笑ましくなるし、可愛いと思ってしまう。

（アルフォンス様……こんな表情もなさるのね）

つい口元が緩んでしまうのを抑えられないでいると、アルフォンスが少し不思議そうな顔をした。

「何かついているだろうか？」

頬に手をやる彼に、慌ててエメリーヌは首を横に振る。

「いっ、いえ！　その……私の知らなかった両親の話を聞けるのが嬉しくて……」

面と向かって彼が可愛いと思ったなどとは言えないが、これも嘘ではない。

「そうか。俺の話でよければ、いくらでも聞かせよう」

「ありがとうございます」

そう答えると、アルフォンスはまた優しい表情で微笑んだ。

（ああ、やっぱり素敵……）

彼と過ごすにつれ、どんどん好感が増していく。

ドキドキし続ける胸の鼓動を感じながら、エメリーヌも顔をほころばせた。

それから数日間。

エメリーヌはアルフォンスとともに伯爵領での生活を満喫した。

巡ったのは主に、エメリーヌが幼い頃から何度も訪れた場所だ。お勧めの場所を教えてほしいとアルフォンスに言われ、張り切って案内をした。

静かな森の散策に、野生の小動物の観察。それから農村の夏祭りに参加をしたり、渓流でピクニックと魚釣りをしたり……。

時間は飛ぶように過ぎ、明日には王都へ戻るという日の午後。

エメリーヌはとびきりお洒落（しゃれ）をして、ドキドキしながら庭の東屋にいた。

ここ数日は夕立が時おりあるくらいで晴天が続いていて、本日も朝から気持ちのいい青空が広がっている。

白い大理石で作られた東屋の屋根が、照り付ける太陽の陽射しを適度に防いでくれ、柱の間から通る涼風が心地よい。

（もう何も忘れているものはないわよね……？）

エメリーヌは自問自答しながら、東屋に備え付けられたテーブルの上を見渡す。

そこには茶器が一式と、美味しそうな菓子が乗せられた銀食器が置かれていた。涼しげなガラスの花瓶には、先ほどエメリーヌが庭から選んで摘んだ数種類の花が活けてある。

何度も思い描いた、理想通りのお茶会のテーブルだ。

完璧だと深呼吸をした時、背後で砂利を踏む音がした。飛び上がりそうになるのをこらえ、エメリーヌは精一杯上品に微笑みながら立ち上がって振り向く。

濃い色合いの上品な上着を身に着けたアルフォンスがそこに立っていた。白絹のクラヴァットには、彼の瞳と同じ群青色の石がついたタイピンが光っている。

上背のある凛々しい顔立ちの彼は、さながら軍神のような美しさを放っており、溜息が出そうになるほどに神々しい。

いつまでも見惚れていたい気持ちをぐっと我慢し、エメリーヌはドレスの裾を摘(つま)んでお辞儀をした。

「アルフォンス様、いらっしゃいませ」

「エメリーヌ。貴女の初めて開く茶会に招いて頂き、光栄です」

少し堅苦しい、他人行儀なやりとりに、思わず笑ってしまいそうになるが、今日は真面目

なお茶会ごっこだ。

アルフォンスの方も笑いをこらえているような表情で、深々とお辞儀をした。

唯一はっきり覚えていたアルフォンスとの思い出——いつか茶会を開いて彼を招待するという夢を叶えたいと、今日はこうして付き合ってもらったのだ。

「私は子どもの頃、お兄様……いえ、アルフォンス様を招いてお茶会をしたいと思っていたのだけは覚えていました。その夢が叶ってとても幸せです」

「そんなことを思っていてくれたのか、感激だ」

彼が静かに微笑み、椅子に腰を下ろす。

エメリーヌは感動に胸を高鳴らせ、早速ティーポットを手に取った。

この日のために何度も練習をした甲斐あって、ちょうどいい色合いの紅茶を上手くカップへ注ぐことができた。

本日の茶葉は、母の遺した茶葉のブレンドノートを見て、料理長のアドバイスをもらいながら懸命に合わせたものだ。

「どうぞ、お召し上がりください」

「ああ。ありがとう」

彼はそう言ってカップを手に取り、一口飲むと深く息をついた。

「……これも懐かしい。君の母上が淹れてくれた紅茶の味にそっくりだ」

アルフォンスが懐かしそうに目を細め、その言葉にエメリーヌはホッとする。

「よかった……お母様のレシピを料理長が取っておいてくれたのですが、私が上手く再現できるか不安だったのです」

「とても美味しい。君が淹れてくれた紅茶なのだから、なおさら感動だよ」

そう言って微笑むアルフォンスに、エメリーヌはにやけてしまいそうになるのを必死にこらえた。

（やっぱり、アルフォンス様は……素敵すぎる！）

こんなに素敵な人なのだから、彼の仕草の一つ一つに胸がときめいてしまうのも、仕方がない。

ついつい見惚れてしまっていることに気付かれないように、エメリーヌも自分のカップを手に取る。

香りのいい紅茶を一口飲むと、温かな液体は胃に落ちていくのに、脳髄までジンと温かく痺れる。

「夢みたい……」

思わず、そんな独り言が零れた。

「エメリーヌ？」

首を傾げたアルフォンスに、慌てて笑顔を作る。

「あっ、その……こんなに幸せな日々をもう一度過ごせるなど、一年前は思ってもいなかったので……」

幸せな半面、この幸せもまた、夢から覚めたように消えてしまうのではないかという不安が芽生える。

不意に、アルフォンスの腕が伸びてきて、抱きしめられた。

「アルフォンス様⁉」

驚き彼を見上げると、彼もまた真っ直ぐにこちらを見つめていた。

「それは俺も同じだ」

「えっ？」

「昔はただ、俺と母を苦しめた連中に一矢報いることができればそれでいいと思っていた。それ以上の幸せなど、考えもしなかったのだが……」

彼が顔を寄せてきて、エメリーヌも自然に瞳を閉じる。

言葉の続きは、唇に柔らかい感触を感じて消えてしまった。

だが、それだけでも胸が熱く、幸せな気持ちでいっぱいになる。

（私……アルフォンス様を愛しているのだわ）

誰に教えられるでもなく、唐突にそう理解した。

確かに彼は、エメリーヌを窮地から救ってくれた恩人である。

まるで物語の騎士のように颯爽と現れ、エメリーヌの問題を全て解決してくれた。常に優しくエメリーヌを気遣い、まるで愛しい相手のように扱ってくれる。

それだけでも、恋に落ちるのに十分すぎるだろう。

エメリーヌも、彼と過ごした幼い頃の記憶はほんの少しだけれど、この数日間を一緒に過ごすうちにすっかり惹かれてしまった。

そして、伯爵という高位貴族であり、なんでもできそうな彼だけれど、怖い話は苦手など、普通なところもあるらしい。

先日参加した近くの村の夏祭りでは怪談話の大会があったが、エメリーヌの手をぎゅっと握る彼の手は微かに震えていたし、大量の冷や汗までかいていた。

アルフォンスはどうやらそれが気恥ずかしかったようで『無様な姿を見せてすまない』と言っていたが、エメリーヌにしてみればいっそう彼を身近に感じられて嬉しかった。

「っは……アルフォンス様……」

長い口づけが終わり、名残惜しげな瞳で彼を見上げてしまう。

だが、彼は、ほんの少し頬を赤らめて顔を背けた。

「……すまない。つい……」

「そんな……嬉しいです」

恥じらうアルフォンスが可愛くてたまらなくて、思い切って彼の頬にキスをする。

チュッと触れるだけの軽いものだが、今はそれだけでも幸せだった。

「エメリーヌ……」

アルフォンスが驚いたように目を見開き、エメリーヌが口づけをした箇所に手をやる。

「驚いたな。こんなに積極的なことをしてくれるとは」

満面の笑みで言われ、かぁぁと頬に血が集まるのがわかった。

「あっ……忘れてください！　その……どうかしていました……」

雰囲気に流されて、我ながらなんて大胆なことをしてしまったのかと、今更ながら焦る。

しかしアルフォンスは笑顔のまま首を横に振った。

「こんなに嬉しいことを忘れることなど、とてもできないな」

「アルフォンス様、意地悪です……」

火照（ほて）った頬のまま、エメリーヌは口を尖らせて視線を逸らした。

「そ、それにしても、一週間はあっという間ですね」

話題を変えようと、マリーゴールドや夏花の咲き誇る庭を眺めながら呟いた。

「そうだな……。エメリーヌはやはり、王都に戻るよりここにいたいのだろうか?」

急に改まった声で尋ねられ、エメリーヌは一瞬困惑した。目を瞬かせてアルフォンスを見つめる。

（一応は婚約したのに、私が離れて暮らしたいのか尋ねるなんて、どういう意味なのかしら……?）

自問した後、ふと気付いた。

今も口づけをし合うなどして、すっかり相思相愛気分で舞い上がっていたけれど、彼はエメリーヌや当主不在になるマニフィカ家の存続のために結婚してくれるのだ。

人を見る目がなく叔母夫婦にあっさり騙されたエメリーヌが、自分だけでまともな結婚相手を見つけるなど無理だと思われても仕方ない。

だから優しい彼は、相応しい求婚者が他にいなければ自分が守ろうと名乗り出てくれたのだ。

その証拠に、一週間前に求婚された際『エメリーヌに好きな相手がいるのなら相応しい相手なのか判断しに行く』と言っていたではないか。

そんな理由で婚約したエメリーヌとなら、結婚式まで……いや、結婚してからも無理に一緒に暮らす必要はないと考えているのでは？

「……私は、ここが大好きです」

コクリと唾を飲み、緊張しながら恐る恐る言葉を紡ぐ。

生まれ育った領地と屋敷を愛している。それは間違いないけれど、この短期間でどうしようもなく惹かれてしまった相手の傍にいたいのも本音だ。

「ですが……こ、婚約したのですし、アルフォンス様がご迷惑でなければ、お傍に置いて頂けますでしょうか……？」

声が震えそうになるのをなんとか抑えて、真っ直ぐ彼を見つめた。

アルフォンスは口元を引き結び、真剣な表情でこちらを見つめていたが、不意に安堵したように深く息を吐いた。

「勿論だ。君がそう望んでくれるのなら願ってもない」

彼が微笑み、それから少しばかり気まずそうに目を泳がせた。

「エメリーヌの望みはなんでも叶えたい。だから、君がもっとここに留まることを望むのなら、せめて結婚式まで一緒に住むのは我慢するべきかとも悩んだのだが……俺は自分で思っていた以上に我儘だったらしい」

「アルフォンス様が？」

「ここに残りたいと言われたら、どうやって明日一緒に王都へ帰るよう説得しようか、必死で考えていた」

「えっ⁉」

思わぬ言葉に、エメリーヌは目を丸くする。

「君を傍で守りたい。一緒にいてくれ」

そう言ってアルフォンスが、エメリーヌの手を両手でそっと包み込むように握る。

これが大人の男性の色香というのか、クラクラと眩暈がするほど魅力的だ。頭が真っ白になり、気の利いた返事などとてもできない。

「は、はい……」

情けないくらいに上擦った声とともに、うんうんと頷くのが精一杯だった。

アルフォンスは満足そうに微笑むと手を離し、再びカップを手に取る。

エメリーヌもぎこちなくカップを手に取るが、もはや緊張と動揺で味はよくわからなくなっていた。

6　恋心と初体験

翌朝。

エメリーヌはマニフィカ伯爵家の屋敷の皆に別れを告げ、アルフォンスとともに馬車に乗り込んだ。

教会の墓地に眠る両親にも、早朝に挨拶をしてきた。

だが、今度は悲しみから逃げるために領地を離れるのではなく、婚約もした一人前の淑女として、堂々と旅立つのだ。

「頻繁にとはいかないかもしれないが、またエメリーヌが望む時には帰れるように協力する」

アルフォンスはそう言い、マニフィカ領で何かあったら王都の彼の屋敷に連絡するようにと執事に言ってくれた。

そして一週間の里帰りを終え、エメリーヌはアルフォンスとともに王都へ戻ったのだ。

帰りの道中も天気がよく馬車は順調に進み、夕方前にはバラデュール伯爵家の屋敷に着いた。アルフォンスは戻るやいなや、留守の間に発生した問題や報告に目を通し、その中にはエメリーヌにとって何よりの朗報があった。

叔母夫婦によって一年前に追い払われた、伯爵家の街屋敷を管理していた夫婦が見つかったというのだ。

やはり彼らは退職金や次の仕事を得るための紹介状ももらえず、この一年間はかなり苦労して下町で暮らしていたらしい。

エメリーヌが心配していたことと、できればまた管理人に戻ってほしいと願っていることを伝えると、二つ返事で了承してくれたそうだ。

「――エメリーヌ様！　私どものために、ありがとうございます！」

エメリーヌが旅装から着替え終えると、連絡を受けた管理人夫婦が訪ねてきた。

職を追われたこの一年、相当に苦労したのだろう。ふっくらして血色のよかった二人は随分と痩せてしまっていたが、嬉しそうにエメリーヌに頭を下げた。

「私ではなくアルフォンス様のおかげで、貴方たちに連絡を取ることができたのよ。そもそも、私に人を見る目がなかったせいで苦労をかけてしまって、なんてお詫びをしたらいいか……」

彼らのこれまでの苦労を思うと胸が締めつけられ、声が詰まる。

「いいえ。旦那様と奥様が突然あのようなことになられたので、私どももすっかり混乱しておりました。解雇を言い渡された時、エメリーヌ様に直接お伺いをするべきでしたのに、それすら思いつかなかったのです」

「バラデュール侯爵閣下から、エメリーヌ様の災難は伺っております。よくぞご無事でいてくださいました」

管理人の妻がハンカチで涙を押さえ、それから気を取り直すようにニコリと微笑んだ。

「ご婚約、おめでとうございます。素晴らしいご縁に、亡き旦那様と奥様も、天国でさぞお喜びになられているでしょう」

「え、ええ……そうだと嬉しいわ」

満面の笑顔で祝福され、むず痒いような気恥ずかしさに襲われる。

管理人夫妻は繰り返し礼を言って帰り、エメリーヌは一人応接間を見渡して深い息を吐いた。

この国でも指折りの由緒ある家系であるという無言の圧力が、重厚な内装からひしひしと伝わってくる。

（私……本当にこの屋敷の女主人なんて務まるのかしら？）

またもや弱気になりそうになるが、ブンブンと頭を左右に振って暗い気持ちを吹き飛ばした。

（とにかくアルフォンス様は、私と一緒に暮らすことを望んでくださったのですもの）

目下のところ、これ以上の幸せなどエメリーヌには思いつかない。

しっかりしなくてはと己を鼓舞し、エメリーヌは応接間を後にした。

やがて夜になり、エメリーヌはモナに湯浴みを手伝ってもらい、寝室に入った。

恐る恐る一歩足を踏み入れると、初めてここで過ごした晩以上に、緊張で胸が高鳴る。

初日と変わったことといえば、寝室にはアルフォンスが指示をしたのか、エメリーヌが呟いた通りの色合いの花瓶と花が活けてある。

思った通り、上品かつ可憐な花瓶で室内の威圧的な雰囲気は随分と中和されたが、エメリーヌが初日以上に緊張しているのは部屋の雰囲気には関係ない。

初日にここで夜を過ごした時は、口づけだけで怯えてしまったエメリーヌを彼が気遣ってくれ、添い寝するにとどまった。

それから今夜まで、マニフィカ領の屋敷で寝室も別々に過ごしていたので、夜の触れ合いなど当然ない。

でも……今夜は違う。なんとなく、そんな予感がしていた。

扉が開く音がして振り向くと、やはりバスローブ姿のアルフォンスが入ってきた。

彼もなんだかソワソワ落ち着かなさげに見えるのは、気のせいだろうか？

「待たせてしまったな」

そう言って彼が隣に腰を下ろした。エメリーヌは膝の辺りで弄(いじ)っている自分の手を所在なさげに見つめる。

「いえ……」

「エメリーヌ……」

彼に呼ばれるとともに、そっと顎に手がかかった。

そのまま優しく上を向かされ、彼の顔が近づいてくる。

エメリーヌは真っ赤になって、ゆっくりと目を閉じた。そっと唇が重なると、その甘さに身が震える。

（アルフォンス様と……キスしている）

何度も唇をついばまれ、夢のような心地でキスに応えていると、不意に舌を入れられて肩がビクリと跳ねる。

「……んっ……」

深く唇が合わさり、舌が絡まると、息がどんどん乱れていく。

（これ……気持ちいい……の？）

ゾクゾクと背筋を未知の感覚が這いのぼり、怖いのに時おりクラリとするような甘い痺れに襲われる。

「んっ……ん……ふ……」

流し込まれる唾液を必死に嚥下（えんげ）していると、やがて唇が離れた。

肩を押され、敷布の上へ押し倒された。

「茶会の時、エメリーヌも俺と一緒にいたいと言ってくれたのが、嬉しくてたまらなかった。今夜は離したくない。このまま……いいだろうか？」

上から見下ろされて、どこか余裕のない表情にドキドキしてしまう。

「は、はい……」

コクリと頷くと、彼の手が身体を撫で回し始めた。

寝衣の上から胸に触れられた瞬間、思わず甲高い声が出てしまった。

「ひゃんっ！」

アルフォンスの大きな手が、優しく膨らみを揉みほぐし、ツンと立った乳首を指先で布越しに転がす。

「んぅ……っ、はぁ……あっ！」

硬くなったそこを指先できゅっと摘まれると、自分でも恥ずかしくなるほどの甘えた声が思わず漏れた。

「はぁ……エメリーヌ……」

そう言って唇を重ねてくる彼は、どこか切羽詰まったような表情でこちらを見つめている。熱っぽさを帯びた鋭い紺碧の瞳が間近に迫り、エメリーヌの心臓が壊れてしまいそうなほど、ドキドキと激しく鼓動する。

「可愛いな……。もっと見せてほしい」

そう言いながら、アルフォンスが片手で寝衣の裾をたくし上げ、エメリーヌの太腿にも口づける。

「んんっ」

皮膚の薄い内腿に微かな痛みが走った。

「エメリーヌのこんな場所に痕をつけられるのは俺だけだと思うと、たまらない」

耳元で囁かれ、そろそろと口づけられた部分を見れば、赤い花びらのような痣が内腿にくっきり刻まれていた。

「や、恥ずかしい……」

羞恥に身を捩ろうとしたが、アルフォンスの強い腕にがっちりと阻まれて脚を閉じることができない。

「俺以外の男に見せたりしないのだから、問題はない」

音を立ててまた吸われ、白い肌にもう一つ赤い花が咲く。

「やっ……んあっ」

腰帯をシュルリと抜き取られ、薄い寝衣の前が完全にはだける。陰部を覆う小さな下穿きまで露になってしまった。

「んっ……ああん……」

アルフォンスの唇が、太腿から腰、胸へと移動し、小さな赤い痣を数え切れないほど残していく。大きな掌が乳房を揉みしだき、赤く色づいた先端が彼の口に含まれるのを、息を詰めたまま見つめる。

「ひあっ……」

温かく濡れた舌が、硬くなった先端を舐める感触に、背筋がゾクリと戦慄いた。

口に含まれたまま、舌で先端をチロチロとくすぐられて、鮮烈な刺激に背中が反り返る。

「はっ……あ、あっ……もうっ……そんなにしちゃ……」

今まで経験したことのない快楽を与えられて、意識がぼーっとして思考能力が鈍る。

「すごく敏感だな」

アルフォンスは感心したように呟いて、再び唇を近付けた。

「んっ……」

ねっとりと舌を絡ませながら深い口づけをされると、触れられているのとは反対の胸が甘く疼き始める。

自分でも、既に乳首が痛いほど勃起しているのがわかる。しかし、甘い口づけはまだまだ終わらない。

「エメリーヌは本当に可愛い……」

とろんとした声に顔を上げると、うっとりとした表情で見つめられ、再び唇を塞がれる。

今度は、唇だけではなく、舌を絡め合わせてきた。

濡れた音を立てて何度も口づけを繰り返すうちに、身体の熱が増していく。

「ここを弄られるのがそんなにいいのか？」

反対側の胸も、敏感すぎる先端を指で摘まれ、あまりの快感の強さに声が抑えられないほど悶える。

「ひゃっ！　ああぁっ！」

熱を持ち始めた肌にしっとりと汗が滲み、下腹部に未体験の熱が湧き上がっていく。

不意に、奥から熱いものがトロリと流れ落ちる感覚がして、急に月のものが来てしまったのかと、エメリーヌは青褪めた。

「っ！　アルフォンス様！　待っ……」

「待てない」

しかし彼は胸を弄る動きを止めず、エメリーヌの下腹部から溢れるものが、下着をじっとり濡らしていく。

「んっ……はぁ」

半開きになった唇から、熱い吐息を漏らしながら、アルフォンスが胸元から指を離す。エメリーヌは解放された気分になり、安堵の溜息を漏らした。

「可愛い声だ」

アルフォンスに耳元で囁かれ、ゾクゾクとした快感が背筋を走り、そのまま下半身まで伝わる。

「んっ……や……」

彼がエメリーヌの耳朶をカプリと食み、コリコリと軟骨を甘嚙みする。

「そこ……だめぇ……ああんっ」

最初はくすぐったいだけだった箇所に、痺れるような快感が湧き上がってくる。快楽の涙で瞳が潤い、エメリーヌは身悶えた。

「あ、はぁ……っん」

ちゅくちゅくと厭らしい音を立てて耳朶を攻められ、その間も掌はするすると下へ移動し、あっという間に下着を奪い去った。純白の下着は濡れそぼち、エメリーヌから溢れ出た液体で秘所との間に透明な糸を引いていた。

「こんなに濡らしていたのか」

「えっ……あ、あ……ご、ごめんなさい……」

どうしたらいいのかわからず、半ばパニックになって詫びると、ちゅっと頬に口づけられた。

「謝ることはない。感じやすくて嬉しい限りだ」

そう言って、アルフォンスが太腿の間に手を伸ばした。

長くてしなやかな指先が、既にぐっしょりと湿っている割れ目をなぞり上げる。

「ああんっ！」

未知の刺激と快感に、背筋が痺れる。エメリーヌは頤(おとがい)を反らして悲鳴をあげた。

「ゆっくりするから大丈夫だ。怖がらなくていい」

再び口づけを受けながら、指先が丁寧に何度も同じ箇所を愛撫する。

濡れた花弁を優しく擦られ、敏感な花芽も指先でクリクリと弄られると、気持ち良すぎて頭がおかしくなりそうだ。

「あっ……ふぁっ」

全身が熱くなり、のぼせたように頭がぼうっとしてくる。荒い呼吸に胸を喘がせていると、彼の長い指が一本、濡れた襞（ひだ）をかき分けて秘部に入り込んだ。

「んっ！」

初めて潜（もぐ）り込んできた異物に身体が反応し、指をギュウと締めつける。

「よく慣らさなくては、苦しいだろう？」

そう言われても、どうしてそこに指を入れるのが慣らすということになるのかよくわからなかったが、閨（ねや）では夫の言うことに従っていれば間違いないと教わったのを思い出す。

「は、はい……」

小さく頷くと、アルフォンスがゆっくりと指を抜き差し始めた。

クプ……クチュ、と耳を塞ぎたくなるほどの厭らしい水音がそこから立ちのぼり、微かにあった痛みが、ぞくぞくとした快楽に変わっていく。

エメリーヌは甘い吐息を漏らしながら、指先が白くなるほど敷布を強く握りしめた。

「……大丈夫か？」

「ふっ……あ、あ……」

せめて声を殺そうと思っても、次々に与えられる快楽に、自然と唇がほどけて甘ったるい吐息と声が漏れてしまう。

ゆっくりと抜き差しされる指の数が増えていき、更に激しく中を弄られた。最初は一本だけだった指が二本になって出し入れされると、切なげな吐息が抑え切れないほど熱くなる。

指先で恥骨の裏側を撫でられて、強い快楽がぞくぞくした感覚となって背筋を走った。

「や……あんんっ」

逃げたくなるほど恥ずかしいのに、初めて得る快楽に全く抗えない。

「あっ……ああん……っん……」

エメリーヌが僅かに抵抗しようとしても、すぐに甘い喘ぎに変えられてしまう。

与えられる快楽に涙を流し身をくねらせていると、不意にズルリと指が引き抜かれた。

「あんっ！」

「もっと、気持ちよくさせたい」

「……えっ？」

驚くエメリーヌに構わず、アルフォンスは彼女の膝を左右に開かせる。そして露になった潤んだ割れ目にそっと口づけた。

ヌルリとした秘所を這う感覚に、エメリーヌは大きく目を見開く。

「ひゃあんっ⁉」

まさかそんなことをされるとは思わず、不意の刺激にびくりと身体が跳ねた。

「やだ、そんなところ……汚い……だめです……」

あまりの恥ずかしさで半泣きになって抗議するも、膝を固定する彼の手の力は緩まない。

「エメリーヌの身体はどこも綺麗だ」

上目遣いでじっと見つめられ、エメリーヌは真っ赤になって慌てて顔を逸らした。クチュクチュと響く水音に、恥ずかしくて身悶える。

「あ……んっ……や……あぁっ」

アルフォンスは執拗に敏感な蕾(つぼみ)をねぶり、花びらから溢れる蜜を舌先で舐め啜る。

「あっ……あっ……だめぇ」

すっかり敏感になった割れ目を丁寧に愛撫され、全身が震えるほどの快楽が支配する。

「だめじゃないだろう？　ここがヒクヒク動いて、もっと欲しがっているようだ」

アルフォンスがニヤリと笑い、再び花弁に口づける。

花弁を優しく左右に押し広げてピンク色の秘所を露出させた状態で、音を立てて強くそこに口づけながら、指で何度も花芽を刺激する。

「……やっ……はぁ……あ、あぁっ！」

強すぎる刺激に、エメリーヌはガクガクと身を震わせて敷布を握りしめる。下腹部の奥がじくじくと熱を持って疼き、自然と腰が揺らめいてしまうのを止められない。

どうしたらこの熱を解放できるのかわからず、涙を零していやいやと首を左右に振るも、アルフォンスの愛撫は激しさを増すばかりだ。

「大丈夫……安心して、ただ気持ちよくなってくれればいい」

「で、ですが……あ……っ」

彼の指先が、優しく秘部全体を揉みほぐすように動く。指先で蕾を強めに押された瞬間、今まで感じたことのない強烈な刺激が襲ってきた。

体内で溜まりに溜まっていた熱が弾け、ドクンと膣奥が大きく脈打つ。

「あぁっ！　あ、あああっ！」

あまりの強い感覚に、エメリーヌは我を忘れて高い声をあげた。しかし、それでもアルフォンスの手は止まらず、秘部にたっぷり蜜を垂らしながら、ぐちゅぐちゅとかき混ぜるように愛撫してくる。

過敏になった身体は感じすぎて辛いほどなのに、先ほどよりもずっと早く快楽を溜めていく。

「ややあっ！　おかしくなっちゃう……あっ、ああ——っ」

高ぶり切った身体は耐え切れずに、そのまま二度目の絶頂の快楽に呑まれた。

「はぁ……はぁ……」

エメリーヌは荒い呼吸を繰り返し、鮮烈な快楽の余韻に打ち震える。頭の中がふわふわとして、ぼんやり虚空を見つめていると、衣擦れの音がした。

薄暗い寝室の中で、アルフォンスの鍛え上げられた裸身が露になっている。

「俺も、そろそろ限界だ」

太腿を抱え上げられ、蕩け切った秘所に信じられないほど熱くて大きな塊が押しつけられる。

「え……っ」

指とは比べ物にならない。あまりの質量にエメリーヌは思わず喉を引き攣らせた。

アルフォンスが熱っぽい吐息を零してのしかかってくる。

「あ……んっ……」

彼が腰を擦りつけると、くちゅりと入り口で淫靡な音が響いた。

「入れるぞ」

低く掠れた声とともに、ずぶずぶと熱くて硬い感触がねじ込まれる。

「あ……ああんっ！」

ゆっくりと押し進めるように挿入され、その圧迫感に身体がぶるりと震えた。

「んっ……はぁ……あ……」

アルフォンスも額に汗を滲ませながら、苦しそうに眉根を寄せるエメリーヌを気遣ってくれ、キスしたり頭を撫でながら、徐々に深くまで侵入する。

「あっ！　く……うぅ……」

大きすぎて、身体が裂けてしまいそうだ。圧倒的な質量に息が苦しくなりながら、エメリーヌはなんとか歯を食いしばって耐える。

「……くっ」

アルフォンスの息も荒い。切なげに眉間にシワを寄せ、獣のような視線で彼女を見下ろす。

「は……っ、はぁ……っ……うぅ」

「エメリーヌ……もう少しだけ我慢してくれ」

そう言って、彼はエメリーヌの腰を抱え直すと、一気に押し入ってきた。

「んあっ！　あぁっ！」

最奥（さいおう）まで貫かれ、痛みと衝撃にエメリーヌはビクビクと全身を痙攣させた。

冷たい汗がぶわっと噴き出て、声もなく口をハクハク開け閉めしていると、アルフォンスの手がそっと頬を撫でる。

「全部入ったが……痛むか？」

エメリーヌの額に張りついた髪を優しく払いながら、心配そうに尋ねられた。

「……す、少しだけ……でも、大丈夫です」

本当は少しではなく、かなり痛かったけれど、初めては痛むのだから騒がないようにと閨の教育で習った。……それに、あまり我儘を言うと、夫に愛想を尽かされるから我慢が肝心とも念を押された。

（アルフォンス様に嫌われるなんて……絶対に嫌……っ！）

自分がアルフォンス様の妻だなんて、やはり分不相応だと思う。

けれど、こんなに優しくしてくれる彼についつい縋りたくなる。今のところ、エメリーヌを結婚相手として特に不服とは思わないでいてくれるだろうか……。

涙をポロポロ零してなんとか微笑むと、アルフォンスがゆっくりと腰を動かし始めた。

最初こそ貫かれた箇所はズキズキと痛んでいたが、入念にほぐされていた膣壁は、やがてまた蕩け出して雄に絡みつく。

次第に、痛みの向こう側に見え隠れしていた快楽が強くなっていき、ジンジンと痺れるような熱が繋がっている場所を中心に広がる。

「あ……っ！　ああっ！」

ギリギリまで引き抜かれて奥まで一気に貫かれると、意識を失いそうなほどの快感に下半身がガクガクと震える。

「エメリーヌ……っ、こんなに締めつけてくる」

次第に激しさを増す交わりに、湿った音と互いの肉を打ちつけ合う音が響く。

「うっ、あっあ……んあっ！　あっ！　ああっ！」

強烈な快感に身体の奥が熱く疼き、頭が真っ白になる。

エメリーヌは彼に必死にしがみつき、揺さぶられるままに身を任せた。

抜けてしまいそうなほど引き抜かれ、一息に最奥まで押し込まれると、瞼の裏にチカチカと快楽の火花が散る。

「あ……あっ、はあ……っ！」

口端からはひっきりなしに喘ぎ声が漏れ、白い肌が上気して玉のような汗が浮かぶ。

「エメリーヌ……っ」

余裕のない声音でアルフォンスが呼び、エメリーヌを抱きしめて唇を合わせる。

もう気持ちよすぎて、まともな思考ができない。エメリーヌも彼の頭をかき抱き、ちゅくちゅくと水音を立てて互いに激しく舌を絡ませる。

腰を打ちつける動きも次第に速く激しくなっていき、子宮口を強く突かれた瞬間、今までで一番の衝撃が全身に走った。

「あっ！　あああ――――っ!!」

エメリーヌは一際甲高い嬌声（きょうせい）をあげて、身体を弓なりに反らせて達した。

それと同時に体内のモノもビクッビクッと痙攣し、膣奥で熱い飛沫が弾けるのがわかった。

「はあ……はぁ……」

荒い呼吸を整えながら、エメリーヌはぐったりと敷布に背を落とした。

アルフォンスも息を荒らげ、額に滴（したた）った汗を手の甲で拭っていた。やはり彼は、どんな仕草も絵になるほど素敵だ。

疲れ切った身体でぼうっとそれを眺めていると、不意にまだ力の入らない身体を転がされた。

「えっ!?」

背後からがっしりと抱きしめられたまま、太腿の隙間に再びそそり立った彼の欲望がグリグリと押し込まれる。

「すまない……まだ終われそうもない」

溢れ出した蜜と精でぬるぬるになった秘所を、熱く硬い塊で擦り上げられる。

「ひっ！　あっ！　ああ！」

もう無理だと思うのに、肩口をじゃれるように甘噛みされて力が抜けた瞬間、蜜穴にグチュリと猛った雄が押し当てられる。

「あっ！　あ……あぁ――っ！」

そのまま貫かれ、エメリーヌは悲鳴じみた嬌声をあげる。

「は……っ！　あ、あ、ああんっ」

奥深くまで突き入れられた剛直が、先ほどとは違う角度で中を擦りあげ、かき回す。

「あっ！　あ……ん、くぅっ！」

白濁と蜜にまみれた先端が入り口まで引き出される。

ギリギリまで引き出してからずぷりと根元まで押し込まれ、奥の深い部分を突かれると刺激が一気に全身を駆け巡ってビクビク震える。

「あ……あんっ」

お腹の中が熱くて息が苦しい。

それなのに、アルフォンスに求められていると思うと幸せでたまらない。

「エメリーヌ……愛している」

低く掠れた声が、頭の中に大きく反響した。

──愛している？　アルフォンス様が、私を……？

思わず肩ごしに振り返る。

トロトロに蕩けた頭の中で、その甘美な言葉に喜んで飛びつきそうになったが、寸前でふと気付いた。

愛にも家族愛や親愛など、色々な形があるではないか。

ということは、彼の言う『愛』は、なんなのだろう？

エメリーヌは彼に何もしていない。少なくとも、一人の女性として魅力的だと思ってもらえるようなことは何も。

ということはつまり、彼から向けられる『愛している』は、いわば妹のような庇護対象としての意味だろうけれど……。

「アルフォンス様……愛しています……あっ！　ああ、あ！」

自分はアルフォンスを一人の男性として、こんなにも好きになり、愛している。

たとえ求婚のきっかけはエメリーヌの両親への恩返しだったとしても、今こうして傍にいられることが、たとえようもなく嬉しい。

だからといってこの気持ちを押しつけ、彼を困惑させたくはない。

でも、彼がどんな形であれ『愛している』と言ってくれたのなら、自分も口にしても不自然ではないだろう。

たとえ、その意味が違ったとしても……。

理性が崩れかけ「もっと強くして」とでも言わんばかりに、強請るように腰を押しつけてしまう。

「あああぁっ！」

ばちゅんと水音を立てて腰を突き入れられる。子宮口を小刻みに突かれるたび、エメリーヌの小さな胎内に快楽の波が繰り返し押し寄せる。

「ひっ……あ、あ、ああっ！　も、もうっ」

「まだだ」

「ひっ！　は……っ！」

これ以上されたらおかしくなる。そう思うのに、アルフォンスは有無を言わさず挿入を繰り返す。

「んぁっ！　あ……ああっ！」

すぐに体位を変えられて、今度は正面から貫かれた。

「ひぁっ！　あぅっ！　はぁあんっ!!」

そのまま奥を強く突かれると、身体の奥に強い快感が走ってしまう。その衝撃と同時に、再び中がきゅっと縮んだ。

「く……っ」

エメリーヌの膣内が彼の雄をきつく締め、アルフォンスは眉根を寄せて苦しげに息を吐く。

「ん、あ、ああ……っ」

敏感なところを何度も突かれて、子宮がひどく疼く。

「あ、あっ、あ、ああ……っ」

気持ちよくて苦しい。

「んっ！　んぅっ！　あぅっ！」

必死にしがみつくと、涙に濡れた目尻にキスをされた。

「はぁ、あ、ああ……んん」

下からはしたない水音が響き、肌がぶつかる音とともにエメリーヌの嬌声があがる。

「んンぅっ！　あ、あっ！　やあっ！」

激しい抽挿(ちゅうそう)に息ができなくなりそうだ。初めてなのにこんなに感じてしまう自分はおかしいのかと思いながらも、快楽に抗えずに身悶える。

「ああっ!!　や……あぁっ！」

これ以上されたら気持ちがいいのが止まらなくなってしまうと思うのに、いっそう激しく腰を打ちつけられた。

「やあああっ！　あぅっ、いぁっ！　嫌ああっ！」

身体を突き抜ける快楽の勢いが強い。

「ひ、あぁぁぁ――っ！」

熱い液体が身体の奥に注ぎ込まれた瞬間、目の前にチカチカと火花のようなものが見えて、意識を手放しそうになる。

「はぁ……あっ……あぁ……」

やがて、ようやく長い射精が収まったものの、埋め込まれたままの雄はエメリーヌの中でまたもや硬度と大きさを取り戻す。

「ひゃっ⁉」

「すまないが、もう少し頑張ってくれ」

チュッと額に口づけを落として囁かれ、エメリーヌの背筋をゾクリと甘いものが駆ける。

もうクタクタなのに、もっと彼と愛し合いたい。

「はい……。もっと、してください……アルフォンス様のお好きなだけ……」

そして、底なしの体力を持つのかと思うアルフォンスに明け方まで貪られ、エメリーヌは己の発言を心底後悔するのであった。

7　理想と現実

頬に温かく濡れた感触が触れ、エメリーヌはふと目を覚ました。

ホワリと湯気が立つ柔らかなタオルで、そっと顔を拭かれているようだ。

酷い寝汗でもかいたのか、なんだか全身がべとつくし、身体が重くてあちこち痛い。

（え……？）

重い瞼を無理やりこじ開けると、ビクッとした感じでタオルが頬から離れた。

「……アルフォンス……様……？」

見れば傍にいるのは、濡れタオルを持ったバスローブ姿のアルフォンスだった。

「汗だけでも軽く拭こうかと思ったが、起こしてしまったな」

そう言って彼が、手に持ったタオルで優しく頬を拭ってくれる。

「ん……」

それがあまりに心地よくて、自然と吐息が零れると、またピクリと彼の手が止まった。

「あ、あとは、きちんと湯に入った方がいいだろう」

エメリーヌから目を逸らし、慌てふためいた様子の彼を見るうちに、寝起きのぼんやりした頭がはっきりする。

ぼんやり寝惚けてアルフォンスに顔を拭かせていた今の状況を理解しサッと青褪めた。

「申し訳ありません！　私、みっともない姿を……ッ！」

エメリーヌも急いで起き上がろうとしたが、強烈な腰の痛みにうめいてそのまま突っ伏す羽目になった。

「無理をしないでもいい。……いや、そもそも昨夜は俺が無理をさせすぎてしまった」

せめて裸身を隠そうと掛け布を必死に手繰り寄せるエメリーヌの背を、アルフォンスが優しく撫でる。

「いえ、そんな……」

「俺はもう王城へ行かなければいけないが、今日はゆっくり休むといい」

そう言ってアルフォンスは、なぜか前屈みぎみでそそくさと立ち上がる。

「では、行ってくる」

「は、はい……いってらっしゃいませ……」

反射的にそう答え、エメリーヌは続き部屋へと歩いていくアルフォンスを呆然と見送る。

寝室のカーテンは引かれたままだったが、僅かな隙間から眩しい朝陽が射し込んでいて、どことなくヨロヨロと歩く彼の後ろ姿を照らしていた。

パタンと扉が閉まってアルフォンスの姿が見えなくなると、エメリーヌは無意識に詰めていた息を吐き出す。

（アルフォンス様も、お身体が辛いようね……）

昨夜の行為のせいで、特に脚の間がズキズキ痛むし、喉もヒリヒリする。

アルフォンスの声が妙に上擦っていたり、歩き方が少し変だったのは、彼もあの行為によって各所が傷んだからだろう。

夫婦の営みの翌朝についてまでは習わなかったから、これは大きな発見だ。

（夫婦って大変……）

そう思うと同時に、心臓がバクバクと鳴り、酷い自己嫌悪に襲われた。

（それなのに私ったら……アルフォンス様が起きたのにも気づかずに寝過ごすなんて……！）

エメリーヌの理想とする妻像は、何事もスマートにそつなくこなさねばならない。

例えば、閨では色香を保ちつつあくまでもしとやかに夫婦の時間を過ごし、翌朝に夫が目覚めた時には完璧に身支度を整えており、好みの茶をそっと差し出すような……。

実際に新妻である誰かの生活をこの目で見たことはない。

だが、少なくとも淑女教育の教本にはそうあるべきと書かれていたし、両親も仲睦まじい夫婦でいるためには互いに努力が必要と言っていた。

それが、初めて彼に抱かれたら乱れに乱れた上、翌朝はこうして寝過ごすなんて……。

アルフォンスは優しいから咎めないでいてくれたのだろうが、このままではいつ愛想を尽かされてもおかしくないと不安になる。

（と、とにかく、まずは起きなくては……）

しかし、必死で起き上がろうとするも、腰だけでなく全身が筋肉痛のようになってしまっている。

結局、エメリーヌはモナが洗面器と着替えを持ってきてくれるまで、小一時間ほどベッドでうねうねもがき続けていたのであった。

＊　＊　＊

アングレール王国の王宮は、国の豊かさを象徴するような、巨大で煌びやかな城である。

紺碧の屋根を持つ幾つもの尖塔が広い中庭をグルリと囲み、回廊には城で働く多くの人々が行き来している。

その広い回廊を歩きながら、アルフォンスは心の中で盛大に反省会をしていた。

――俺という男は、こうまで自制心がなかったのか！

昨夜、エメリーヌに受け入れてもらえたことがあまりに嬉しくて、つい限度も忘れて何度も抱いてしまった。

あげくに今朝は、顔を拭かれて気持ちよさそうな彼女の声だけで、不覚にもあらぬ場所が元気になってしまった。

なんとか誤魔化して逃げたものの、これではまるで変態ではないか。

アルフォンスの理想としてはもっとこう……年上の余裕をもって彼女に紳士的に接するはずだった。間違っても初夜でがっついたりせず、初めての彼女を気遣って無理のない睦み合いをこなし、翌朝はゆったりと身体を労ってあげるような……。

何一つ、できていない！

城に来るまでの馬車の中でも、頭を抱えて散々苦悶していたが、どう思い返しても己の無節操さが情けない。

ふぅと、深く息を吐いてアルフォンスは頭を一つ振る。

できればエメリーヌには、頼り甲斐のある夫だと思われたい。そのためには当然、アルフォンスも相応の態度を取らねばなるまい。

しかし、あんなに可愛らしい妻を前に果たして理性が持つのだろうか。

もっと精神の鍛練をしなくてはと気を引きしめた時、回廊の向こうから見知った人物が歩いてきた。

栗色の髪を丁寧に整えた眉目秀麗な彼は、ダニエル・グランデという。

アルフォンスと同年で、バラデュール家と肩を並べる名門貴族の生まれである。

違うところといえば、アルフォンスが妾の子だったのに対し、彼は正式な夫婦の間に生まれた嫡子であることと、それを何よりの誇りに思っていることだ。

「おやおや、しばらく見ないと思ったらアルフォンスじゃないか」

アルフォンスは軽く会釈してやり過ごそうと思ったのに、ダニエルは足を止め、いかにも馬鹿にするような顔つきで声をかけてきた。

彼とは士官学校から同級で、成績を競い合っていた。だが、アルフォンスは一度も首席を譲らず、常にダニエルは次点だった。

それが面白くないらしく、今でも顔を合わせるたびに嫌なことを言ってくる。

「……久しぶりだな」

渋々挨拶を返すと、ダニエルはフンと面白くなさそうに鼻を鳴らした。

「ようやく身のほどを弁えて王宮を去ったかと思ったのに、よくもまぁノコノコとまた顔を出せたものだね」

「休暇を取っていただけだ」

もし相手が親しい者だったら、素晴らしい新妻と新婚旅行を満喫してきたのだと時間の許す限りノロケたが、ダニエルにそんなことを話すつもりはない。

「休暇だって？　リシャール殿下に媚を売って、相変わらず好き放題をしているんだな。これだから、生まれが卑しい奴は性根も卑しいと言われるんだ」

歪んだ口元から吐き出される侮蔑に、アルフォンスは内心で溜息をついた。

無論、全力で殴りたいくらいには腹が立つが、そんなことをしたらそれこそ『卑しい生まれだから野蛮だ』と返されるだけ。

出自は自分ではどうしようもないが、生き方ならある程度は自分でどうにかできる。

だからアルフォンスは今回も眉一つ動かさず、暴言を聞き流していたが……。

「呼んだ？」

唐突にアルフォンスの背後から、陽気な青年の声があがった。

「で、殿下⁉」

ギョッとしたようにダニエルが目を見開き、アルフォンスも慌てて振り返る。

金髪の整った顔立ちをした小柄な青年——この国の唯一の王子であり王太子のリシャール

が、いつの間にか背後に立っていた。

（またやられた！）

アルフォンスの二つ年下であるリシャールは、普段は王太子として気さくかつ威風堂々としている。だが一方で、気配を消して人に近寄るのが大の得意だ。

アルフォンスも武芸を嗜み、人の気配にはかなり敏感なのに、未だにこうして簡単に背後を取られる。

「急に話に入って悪いね。僕の名前が聞こえたからさ」

ニコニコと笑顔のリシャールが、白皙の頬をいたずらっぽく指で掻く。

「いっ、いえ、殿下のお耳に入れるほどの話では……」

「そう？　遠慮しなくてもいいのに」

口元の笑みを崩さぬまま、リシャールがダニエルに畳みかける。

「それで、僕が誰に媚を売られて、その相手に好き放題をさせているって？」

面白そうに言葉を続けて微笑む王太子に、たちまちダニエルが真っ青になって後ずさった。

「あ……いえ、それは………」

「うんうん。ちょっとした言葉の綾だよね？　わかっている。僕も一々、そんな言葉尻を捕らえて不敬だのなんだのと騒ぎ立てたくないよ」

もはや紙のように顔面を白くさせているダニエルの肩に、リシャールが優しく手を置いた。

「でも、王宮には大勢の人がいるのだから、もう少～し言葉に気をつけようね？」

「は、はい!! 誠に申し訳ございませんでした!!」

震える声で深々とお辞儀をしたダニエルは、リシャールが行っていいという合図に手を振ると、脱兎のごとく逃げ去っていった。

「やれやれ。あんなにビクつくくらいなら、最初から口を閉じていればいいのにね」

肩を竦めたリシャールに、アルフォンスは一礼する。

「ただいま戻りました、殿下。それから……ありがとうございます」

「え？ 別にお礼を言われる筋合いはないけれど。僕が媚びられて喜ぶと思われるのが心外だっただけだしね」

くったくのない笑顔で答えるリシャールに、アルフォンスはふっと口の端を緩めた。

家柄や出自が重視されがちな王宮で、リシャールは珍しく個人の資質を重視する。

名門侯爵家の当主とは言え、妾の子として何かと蔑視されがちだったアルフォンスを気に入り、活躍の場を与えてくれる王太子には心から感謝している。

感謝しているのだが……。

「ところで殿下。今朝はなぜこのような場所に？ 書類の決裁はもう終わったのですか？」

アルフォンスが冷ややかに尋ねると、リシャールがビクリと肩を震わせた。

毎朝、リシャールの下には大量の書類が届けられ、それに目を通し決裁する。日によって書類の量は違うとはいえ、大抵は昼近くまでかかる。少なくとも、今はまだ書類が届いたかどうかという時間だ。

「あ～……いやぁ、有能な部下が休暇から戻ってくるから、せっかくなら出迎えて驚かせてあげようと思って……」

戯けてみせたリシャールだが、アルフォンスの目は誤魔化せない。

「お気遣いありがとうございます。衣服が一揃い入っていそうな大荷物など持っていらっしゃるので、てっきり私に書類仕事を押しつけてお忍びで出かけるおつもりかと、つい邪推してしまいました。申し訳ございません」

身体の後ろに隠そうとしているが、リシャールは大きめの鞄を持っていた。

安っぽくも派手でもない地味な茶色の鞄の中には、ウィッグに着替えが一揃いと、リシャールが平民に扮してお忍びで遊びに行く道具が入っているはずだ。

「うっ、そ、そんなわけないじゃないか……ハハ……」

更に笑って誤魔化そうとしたリシャールだが、アルフォンスが見逃す気がないのがわかると、拗ねたように口を尖らせた。

「そっちは婚約者と一週間も楽しんできたのにさ。執務室で楽しいお土産話くらい聞かせてよ」

「かしこまりました」

むしろ、こちらは話したくてたまらないのだ。

アルフォンスは軽く一礼し、リシャールとともに執務室に向かう。

王太子用の執務室は華やかで、一見すればくつろぐにはよくてもあまり執務向きには見えない。だが、実際は機能と使い勝手がよく考えられて、非常に仕事のしやすい部屋である。

部屋は人を表すと聞いたことがあるが、この執務室はまさに、一見は見目がいいだけの青年だが、いざとなればなんでも大胆にこなす部屋の主――リシャールにぴったりだ。

「……そういえば」

一週間ぶりに訪れる執務室を見渡し、アルフォンスはとあることを思い出した。

「エメリーヌにアドバイスをもらい、寝室に花瓶と花を飾ったのです。正直なところ、花瓶一つではそれほど変わらないと思っていたのですが、とてもよくなって驚きました」

元々、アルフォンスは今住んでいる街屋敷に、大した思い入れはない。

侯爵家の持ち物であり、あそこに幼い頃行ったことはなかったので、特に悪い思い出はない。その程度だ。

エメリーヌの部屋だけは細心の注意を払って飾ってみたが、無骨な自分が女性の心を摑むようなインテリアを考えられるか不安だった。

何しろアルフォンス自身が部屋の内装には全く無頓着で、あるものをそのまま使えればいいという感じだったのだから。

それでもモナの報告では、エメリーヌは自分の部屋をとても気に入ったようだったと聞き、小躍りしそうなくらい喜びに浸ったものだ。

あとはエメリーヌが住みながら好きなように変えてくれればいいと思い、彼女の独り言を参考に花瓶と花を手配してみたら、寝室の雰囲気が驚くほど心安らぐ明るいものに変わった。

昨夜、また怯えられたらと緊張しつつも、思い切ってエメリーヌを抱き寄せられたのは、そんな心安らぐ雰囲気に後押しされてのものだ。

そして今、彼女が家で待ってくれているのだと思うと、帰宅するのが待ち遠しくて仕方ない。

「うわっ。前からエメリーヌ嬢の話になると、普段死んだような表情筋が激しく動くけど、そんなにニヤケた顔は初めて見たよ。気持ち悪……っ！」

リシャールが大袈裟に顔を引き攣らせて後ずさる動作をしたが、すぐにどこか安心したような微笑みを浮かべた。

「ま、新婚で浮かれているとはいえ、それだけ仲良くやれているのなら、僕の心配は杞憂だったようだ」

「お気遣い頂き、感謝しております。殿下」

一年前のことを思い出し、アルフォンスは深々と頭を下げた。

エメリーヌと婚約をした（……とアルフォンスは思い込んでいた）直後、リシャールからは盛大なツッコミを入れられた。

成長した彼女に一目惚れをしたというアルフォンスに、リシャールは一度冷静になって、よく相手を調査するべきだと言った。

アルフォンスにとって、マニフィカ伯爵家は幸福の象徴だ。

仲睦まじい夫婦と皆に愛されて育つ可愛らしい子ども。いつも家族は仲良く、互いを尊重して大切にし合って、楽しく平穏に暮らしている……まさに理想の家族像だった。

リシャールもそれをよく知っていたから、アルフォンスがその思い出に固執するあまり、大人になったエメリーヌへ過剰な期待を押しつけているのではと心配したのだ。

故伯爵夫妻とは密かに連絡を取っていたとはいえ、エメリーヌとは十年以上前に別れたきり手紙の一通も交わしていないのに、一体彼女の見た目以外の何がわかったのだと言われた。

アルフォンスとしては、今にも倒れそうな顔色をして葬儀で気丈に振る舞っていた姿にも感動したし、何より元から心優しい子だと知っている。

そう言い返したが、リシャールは心配そうな様子だった。

『エメリーヌがそう悪い子でなかったとしても、いざ結婚してアルフォンスが思い描いたような女性でなければどうする？　お互いに不幸でしかない』

とも言われた。

今にして思えば『冷静になれ』というリシャールの意見は完全に正しかったのだが、何しろアルフォンスは浮かれ切っていたから、珍しく彼の意見を一切聞かなかった。

エメリーヌの素行を疑うように身辺調査をするなど、大恩あるマニフィカ夫妻を侮辱しているようでとてもできない。

また、気鬱の治療で王都に来ていると聞いたから、見舞いに行きたかったが、喪が明けるまで人に会いたくないと来客も断っていると、後見人夫妻があちこちに広めていたのを聞いたから、無理をさせたくないと思ってしまった。

その後見人……つまりあの悪徳叔母夫妻へ実際に会っていれば不審な面がもう少し早くわかったかもしれない。

だが、エメリーヌへの想いを必死に抑え込んでいた状態で下手に動いたら、自分は侯爵という立場を使って彼女への面会を申し込んでしまいそうだった。

本当に恐ろしい。

かつては自分が権力を持つ相手からの横暴にひどく苦しめられたというのに、自分がそれを手にしてしまうと使わないでいるのには相当の忍耐と理性を必要とするのだ。

リシャールにしても忠告はしたが、執務に関することならまだしも、部下の私的な生活にそれ以上の口出しをするつもりはなかったらしい。

「エメリーヌに理想を押しつけたどころか、私が想像していた以上に彼女は素晴らしい女性でしたよ」

確かにリシャールが言った通り、自分は過去の美しい記憶にしがみついていたのかもしれない。

幼い頃を知っていたとはいえ、一目惚れをしてその場で求婚など、冷静になって考えると普通ではない。エメリーヌが求婚だと理解しなかったのも当然だと、今なら思える。

だが実際に彼女と過ごしたこの一週間で、改めてエメリーヌに惚れたのは確かだ。

エメリーヌが皆に親切だからこそ、領民や実家の使用人にもあそこまで愛されていたのだろうし、モナを始めとしてアルフォンスの屋敷で働く使用人たちも、既に彼女に好感を抱き始めている。

アルフォンスがエメリーヌを連れて帰ったあの日、彼女の叔母夫婦やコルベルに話をつけに行っている間に、彼女は屋敷の中を回って使用人たちと交流をしたそうだ。

そうしたことを踏まえた上で、アルフォンス自身も彼女と過ごす時間がとても心地よい。

アルフォンスは女性の好む話などよく知らないが、エメリーヌが聞き上手な上に、何気ない季節の話題などを振ってくれるので会話に困らない。いや、困らないどころか、その可愛らしいお喋りをいつまでも聞いていたくなる。

そして少女のような純真さを見せるエメリーヌだが、昨夜アルフォンスの腕の中で乱れる彼女は匂い立つような色香を放っていて……。

またニヤけそうになるのをこらえ、アルフォンスは肝心なところを白状する。

「ただ、この一年間は……やはり殿下の仰る通り、私は冷静さを欠いておりました」

そもそもエメリーヌがアルフォンスの求婚に気付いていなかったことや、後見人の裏切りに遭っていたことを話すと、リシャールは目をまん丸くした。

「エメリーヌ嬢はそんなに大変なことになっていたのか⁉　しかも急に君から婚約を迫られたも同然で……それで上手くいくなんて、君が女性に人気なのを差し引いても奇跡じゃないか」

「ええ……やはり、そうですよね……」

爵位を継いでからというもの、家柄を目当てにアルフォンスにすり寄ってくる女性は多かったが、エメリーヌは違う。

もし家柄や地位に固執する女性なら、たとえ身に覚えがなくとも、アルフォンスの勘違いを正さずこれ幸いとすり寄ってきたはず。

しかし彼女はバラデュール侯爵家の名を聞き、自分が婚約者だとアルフォンスに思い込まれているのを知っても、喜ぶどころか戸惑って訂正してきた。

その上でアルフォンスが改めてした求婚を、エメリーヌがあっさり受けてくれたのは、酷い目に遭わされた直後だったゆえかも……と、密かな心配が胸に膨らむ。

「……私は、窮地に立たされていたエメリーヌの不安に付け込んでしまったのかもしれません」

最初こそアルフォンスを訝しんでいた様子の彼女だが、昔『お兄様』と呼んでいた相手だと知ると、すぐに気を許してくれた。

おぼろげにでも彼女に覚えていてもらえたのが嬉しく、その後で改めて求婚したら了承されて、すっかり舞い上がってしまった。

だが、これも今にして思えばだが、あの時の彼女は恐ろしい目に遭わされて正常な判断も難しかったはず。

唯一の身内から虐げられ弱り切っていたエメリーヌは、アルフォンスの下に身を寄せる以外に方法はないと思い込んでしまったのではないだろうか？

それに昨夜も『愛している』と言われて舞い上がりかけたが、慣れない情事に翻弄されながらも、それを口にした一瞬だけ僅かに彼女は切なそうな目をした。

本当に、心からその言葉を言ってくれたのか……アルフォンスに合わせただけではないかと、考えるのも怖くなってそのまま無我夢中で抱き潰してしまったのだ。

「ふぅん。君の求婚を受けなくても彼女を助ける気は変わらないとか、はっきり説明しないで求婚をしたってところかな？」

鋭くリシャールに指摘され、アルフォンスはギクリと肩を震わせた。

あの場にいなかったのに、ほんの少しアルフォンスから話を聞き態度を見ただけで、相変わらず彼はまるで見てきたかのように的確に状況を理解する。

「はい……情けない話ですが……」

アルフォンスは眉を下げ、一週間前に自宅の応接間でエメリーヌと交わした会話を振り返る。

『――約束する。これからは、君の亡きご両親に誓って、決して苦労をさせない。俺に任せてくれれば、伯爵家の街屋敷も全て取り戻してみせる。どうか俺を生涯の伴侶として頼ってくれないか？――』

確か、自分はこのように言った。

この言い方ではまるで、自分と結婚すれば全部守ると条件づけているようにも聞こえる。

エメリーヌがたとえ求婚を断っても彼女にできる限りのことをするつもりだと、なぜ自分はきちんと付け加えなかったか……。もしそう伝えたら、求婚を断られてしまうかもしれないと思い、無意識に断りづらいように言ったのでは……？

そう考えると、ヒヤリとしたものが背筋を伝う。

「はい。そこまで」

リシャールがパンと大きく手を打ち鳴らした。

「っ⁉」

「自分に厳しいのは結構だけれど、たまにアルフォンスはそれを通り越して、無意味に自分を責めすぎるよね」

リシャールは執務机の椅子に腰を下ろし、やれやれと首を振った。

「しかし、私が卑怯だったのは確かですから……」

「それはそうかもしれないけれど、一緒に過ごして彼女に嫌そうな顔でもされている？嫌々にした婚約だって泣き暮らしている形跡でもあった？」

「そ、そのようなことは……」

「だったら結果的にいいじゃないか。もし気になるなら、今後は恥じるところのない夫でいるよう心がければいい」

きっぱり言い切られ、アルフォンスは返答に詰まる。

「……はい」

頷くとリシャールは満足そうに微笑み、机に置いた例の鞄から一揃いの書類の束を取り出した。

「ところで。実は今日、街に出ようと思ったのは、これを調べるためだったんだ」

リシャールから渡された書類に、アルフォンスは目を通す。

ここ数日、王都で若い女性が行方不明になる事件が相次いでいるという報告書だった。

被害者は皆十代後半の年頃で、特に見目が好い女性ばかりだ。

「身代金の要求などはないけれど、家出したとは考えづらいと訴える家族が多くてね。若い女性を狙った人身売買ではないかと疑っている」

やはりそうかとアルフォンスは納得する。

報告書を見れば、失踪者は皆庶民で、身寄りのない女性が多い。

命に優劣はないが、こういう事件が起こった時にはどうしても、被害者に富裕層や貴族がいるか否かで捜査の規模が違ってしまう。

裕福な家の者であれば、自腹でいくらでも人を雇って探せるが、庶民ではそうもいかないからだ。

「来月の建国祭に向け、街中の警備はいつもより厳しくしているはずですが、逆に言えば調査に人員を割けない……といったところでしょうか？」

アルフォンスの答えは、どうやら合格だったらしい。

リシャールがうんうんと頷き、片手で鞄をポンと叩いた。

「そこで僕は考えたんだ。有能な片腕のアルフォンスが、今日から仕事に復帰してくる。それならば僕は大切な民を守るべく市井（しせい）の声を聞き調査に専念し、退屈な……いや、大事な書類の山は君に任せておくのが一番だ！」

胸を張って力説したリシャールに、アルフォンスは冷めたい視線を送った。

「民を案じる気持ちはご立派ですが、殿下のお忍びの片棒を私に担げと？」

「だめ？」

リシャールが捨てられた子犬のように上目遣いで目をうるうるさせてみせる。

「ご自分の立場をお考えになってください。貴方にもしものことがあれば、国が大混乱になります」

「はいはい。わかっているよ」

不貞腐れ顔のリシャールをしり目に、アルフォンスは執務室の隅にある自分用の席に着いた。

「そういうことでしたら、お忍びには私も同行いたします。その前に、書類を片付けてからですがね」

「あ……アルフォンス～！」

立ち上がり、両手を広げて駆け寄ってきたリシャールに抱きつかれる寸前で、アルフォンスはさっと身をかわした。すかっと腕で宙を切ったリシャールはたたらを踏んでよろめくが、なんとか体勢を立て直してニヤリと笑う。

「君はそう言ってくれると思ったよ」

相変わらず食えない御方だとアルフォンスは嘆息するも、心がすっと軽くなっているのに気付き感謝した。

そうだ。どれだけ悔やんでも過去は変えられないが、未来は自分で作ることができる。

エメリーヌには想い人もいなかったそうだし、アルフォンスと婚約して笑顔を見せてくれるのなら結構なことではないか。

これからはリシャールの言う通り、彼女に恥じない夫になれるよう邁進（まいしん）すればいい。

己に言い聞かせ、まずは机に山と積まれた書類と戦うべく、アルフォンスはペンを取った。

＊＊＊

　一方でエメリーヌはモナの手を借り、無事に湯浴みを終えた。

　特に痛んでいた脚の間から出血までしていたのには慄（おのの）いたが、モナが言うに初めての場合はこれが普通だという。痛み止めの軟膏をもらうと幾分か楽になり、こうして起き上がることができたのだ。

「今日は一日、しっかりお身体を休ませてください。旦那様からそう言いつけられております」

　モナにそう言われ、食事まで私室に持ってきてもらった。

　楽な部屋着で椅子に座ると、モナがテキパキと小さなテーブルに食事を並べてくれる。

　疲れ切っていてあまり食欲もなかったが、運ばれてきた盆の上には食べやすそうなリゾットと果物が乗っていて、気遣いに感謝しながら食べることができた。

「とても美味しかったわ。ありがとう」

　食べ終わって一息ついたところで、気が緩んだのだろう。

　ふと、理想の妻像とかけ離れた今朝の自分を思い出して、溜息が零れた。

「何か足りないものでもございましたか？」

心配そうにモナに尋ねられ、慌てて首を横に振る。

「いいえ。ただ、私はアルフォンス様と結婚するのにはまだまだ未熟者だと思っただけなの」

「そうでございましょうか……？」

首を傾げたモナに、エメリーヌはあることを思いついて頼んだ。

「今日は部屋でゆっくりするのなら、この家について少しでも勉強したいわ。侯爵家に関する記録を持ってきてもらえるかしら？」

基本的な淑女教育はきちんと受けたにせよ、名家に嫁ぐなら、その家のことも学ばなければいけない。

家のことを熟知して取り仕切るのは、貴族の妻の重要な役目だ。

例えば宴を開く時など、どこの貴族と付き合いがあるかわからなければ、招待客リストを作るのにも一苦労である。そのため、貴族令嬢は婚約が決まり次第、花嫁修業の第二段階として相手の家のことを学ぶのが普通だった。

「かしこまりました。少々お待ちくださいませ」

モナがお辞儀をして部屋を出ていき、しばらくすると紙束を閉じた分厚い冊子を幾つも持って戻ってきた。

「こちらでございますが、その……」

そこまで言い、モナが少し言いにくそうに言葉を切った。

「どうかしたの？」

「資料を持ち出す際に執事のセザールさんに許可を取ったのですが、こちらの記録に、旦那様のお母上に関するものは一切ないそうです」

「え……」

エメリーヌは目を丸くした。

「前の侯爵夫人がこちらを離れる際、全て燃やしてしまったそうでして……旦那様も、お母上はこちらに戻らないのだから書き直さなくていいと仰ったそうで……」

気まずそうに言われ、エメリーヌは「ああ……」と納得した。

前侯爵夫人の、アルフォンス母子に対する憎しみは最後まで消えなかったようだ。

そしてアルフォンスも、遠く離れた故郷で平穏に暮らしているという母を気遣い、辛い思い出のあるここには痕跡すらもう残したくなかったのかもしれない。

「おば様……いえ、お義母様には昔お会いしたことがあるの。結婚式にもいらしてくださるそうだから、打ち合わせの時などにアルフォンス様からまたお話を聞くことにするわ」

微笑んで言うと、モナはホッとしたように頭を下げた。

この屋敷の執事は、アルフォンスが幼い頃から仕えていて、前侯爵夫人の嫌がらせからよく庇ってくれていたらしい。そのことを聞き、それでも当主の母親の記録がないことをどう伝えたらいいか、モナも悩んだのだろう。

モナはお茶を淹れてから下がり、一人になったエメリーヌは座り心地の好い長椅子に移動して、早速冊子を読み出した。

古い紙の匂いに鼻先をくすぐられながら、びっしりと書き連ねられた細かな文字をよく読み込んで、頭に叩き込んでいく。

物語ではないので、お世辞にも面白い読み物とはいえない。だが、バラデュール侯爵家がいかに昔から栄華を誇る名門貴族であるかはよくわかった。

当然、歴代当主の結婚相手にも相応の家柄が求められるようで、アルフォンス母子を虐げた前侯爵夫人も名家の出身であった。

過去にさかのぼっていけば外国の王族女性の降嫁まであり、伯爵家とはいえ田舎領主の娘に過ぎないエメリーヌとしては、今更ながら身の竦む思いだ。

ただ……名家にはありがちなのだろうか。親族間での後継争いに隠し子の発覚などが盛りだくさんで、侯爵家の歴史はあまり平穏とは言えなかったらしい。

あまり愉快でないたくさんの記録を眺め、溜息が出そうになった。

もっともマニフィカ家とてエメリーヌの家族は仲が良かったけれど、叔母は相当に酷かったのだから、これはもう家系がどうのということではないのかもしれない。

幸せな家族というのは皆が欲しがるのに、いつだって誰かの我儘で簡単に崩れる。

月並みだが、やはり幸せな家庭に必要なのは相手を思いやる心なのだろう。

しみじみと思いながら、エメリーヌは熱心にページをめくった……が、数時間も没頭するうちに、疲れて眠ってしまったらしい。

「……リーヌ」

優しく頬を撫でられる感触と穏やかな声に目を開けると、長椅子の脇に屈み込んだアルフォンスと間近で目が合った。

「っ‼」

驚愕に声も出ず口をパクパクさせると、アルフォンスが苦笑した。

「気持ちよさそうに眠っていたから起こすか迷ったが……身体はもう大丈夫なのか？」

「は、はい……」

いつの間にかエメリーヌの身体には薄手の毛布がかけてあった。きっと、モナがしてくれたのだろう。

窓の外を見ればすっかり陽は落ち、部屋は薄暗くなってきていた。

「も、申し訳ございません。私……また居眠りなんて……」

恥ずかしすぎて、穴があったら入りたい。俯いて呟くと、アルフォンスがまた苦笑した。

「昨夜、疲れさせてしまったからな。無理もない」

そして彼はそっとエメリーヌの耳元に口を寄せた。

「それで……先に謝っておく。今夜も疲れさせてしまいそうだ」

その言葉の意味するところを理解し、エメリーヌは顔が真っ赤になるのを感じた。

しかし、照れ臭くはあるものの、嫌なはずもない。

「えっと……謝って頂かなくても、大丈夫です…………嬉しいので」

小さく囁き返すと、アルフォンスが満面の笑みになる。

そして宣言通り、その晩も二人は長く濃厚な夜を——愛し合う者同士の理想的な夜を過ごしたのだった。

8　不安と努力

アルフォンスと初めて結ばれてから、一週間が経った。

あの日から毎晩、たがが外れたようにアルフォンスはエメリーヌを求めて貪り尽くす。

おかげでエメリーヌは、毎夜疲れ果てて泥のように眠ってしまっているが、それでもアルフォンスと抱き合って迎える朝は素晴らしい。

昼に休むなど、体力温存のコツも覚え、毎朝王城に出仕する彼を見送ることもできるようになった。

「いってらっしゃいませ、アルフォンス様」

今朝もエメリーヌは玄関先までアルフォンスについていく。

宮廷服を着込み、朝陽の中でスラリと立つ彼を、エメリーヌは惚れ惚れと見つめた。

この数日、毎日こうして見送りをしているが、ちっとも見飽きることがない。陽射しに輝く彼の綺麗な黒髪も、整った顔立ちも、しっかりとした体軀も。

彼は自身のことを『無骨で美男子でもない。寄ってくる女性は家柄目当て』と評価しているが、エメリーヌに言わせればそれはとんだ過小評価である。

少なくとも今、エメリーヌは彼に夢中だ。自分でもどうしたらいいかわからないくらい好き。

「どうした？」

エメリーヌの視線に気付いたのか、アルフォンスがこちらを見て首を傾げた。

「い、いえ……」

赤くなって口籠っていると、額に柔らかく唇を当てられる。

「行ってくる」

そして彼は、見ているこちらが倒れそうなほど魅力的な微笑みを浮かべると、さっと踵を返して馬車に乗り込んでいった。

馬車が遠ざかり、見えなくなったところで、エメリーヌはほうっと息を吐いた。

「エメリーヌ様は本当に愛されていらっしゃいますね」

後ろに控えていたモナがニコニコと笑いながら声をかけてきた。その隣では老執事も品よく微笑んでいる。

「そ、そうかしら……とても優しくして頂いて、幸せだわ」

頬を染めつつ答える。

実際、アルフォンスと再会してからというもの、毎日があまりに幸せで、時々怖いくらいだ。

(まだまだ私はアルフォンス様に釣り合うような女性だと、胸を張って言えないものね……)

アルフォンスを素敵だと思えば思うほど、やはり彼には自分よりももっと相応しい女性がいるのではと、心の隅で考えてしまう。

(……いえ。いじけていても仕方ないわ。自分にできることを頑張って、一日も早く、アルフォンス様に相応しい婚約者だと認めて頂けるようにならなくては!)

今日もエメリーヌは胸中で頷き、己を鼓舞する。不安にいじける暇があったら、少しでも努力する方が建設的だ。

別に、アルフォンスから未熟者だとか言われたわけではない。

むしろアルフォンスは、エメリーヌに対しては褒め言葉しか使えない制限でもあるのかと思うほど、常に褒めてくれる。

侯爵家について学んでいることや、屋敷に馴染もうとしていることなど……。

ただ、当人のアルフォンスの方がいつ見ても素敵で、皆に頼りにされていて、とにかくすごすぎるから、エメリーヌがどうしても彼に対し引け目を感じてしまっているのだ。

それに……元はといえばこの婚約は、彼がエメリーヌを救うためにしてくれたものだと知っているから、余計に後ろめたい。

マニフィカ家の娘だからではなく。エメリーヌというただの一人の女性として、アルフォンスに認められ、好きになってほしい……。

アルフォンスがエメリーヌに恋をするようになってくれたら、どんなに幸せだろう。

分不相応だとは思うが、彼の傍にいるうちにだんだんとその思いは強くなっていく。

「モナ、今日は二階の西棟を見る予定よね？」

モナを振り向き、今日の予定を確認する。

「はい。既に家具の覆い布は取り払ってあります」

「ありがとう。早速行ってみましょう」

エメリーヌはモナを伴い、主に客用の部屋がある屋敷の西棟へと向かう。

数日前。いつもよくしてもらってばかりなので、自分も彼のために何かできないかと、思い切ってアルフォンスに尋ねてみた。

彼は最初、気にしなくていいと言ってくれていたが、ぜひ何かやらせてほしいとお願いしたら、屋敷の模様替えをリクエストしてくれた。

以前の、寝室に花瓶を飾った件で、彼は屋敷の模様替えに興味が湧いたらしい。

それに今までは屋敷に人を呼ぶ機会もあまりなかったが、妻帯すれば夫婦同伴の席に招待されることも増え、お返しに客を招く催しを自宅で開く機会も多くなる。

それに備えて、今まで閉め切っていた客室や宴席用のホールを整える必要があった。

そこの模様替えをエメリーヌに任せたいと言われ、大喜びで引き受けたのだ。

とはいえ、やはりどの部屋も高価そうな調度品がたくさんで、いくらアルフォンスに『必要がなければ全部処分しても構わない』と言われても、さすがにそれはできない。

色の褪せてしまったカーテンや傷んだ絨毯は新しいものにするが、基本的に元からある調度品は極力減らさない方向だ。

屋敷内で新たな置き場所を確保したり、色に気をつけて圧迫感を少なくしたり……意外にも部屋の模様替えは自分に合っていたようで、楽しくてやり甲斐を感じていた。

そしてここ数日は、アルフォンスを見送ってからすぐ模様替えに取りかかる日々を送っていた。


「――エメリーヌ様。仕立屋が参りました」

扉を叩く音と執事の声が聞こえ、部屋で熱心にカーテン生地の見本帳を眺めていたエメリーヌは顔を上げた。

「もうそんな時間なのね。すぐに通して」

返事をすると扉が開き、モナと大きな鞄を抱えた仕立屋の女性が入ってくる。

アルフォンスはエメリーヌのためにたくさんのドレスを用意してくれていたが、婚礼衣装は自分の好みで作った方がいいだろうと、仕立屋を手配してくれたのだ。

「おはようございます。本日はレースと生地の見本をお持ちしました」

そう言うと、仕立屋は早速テーブルの上に鞄の中身を広げ始める。

様々な織り方をされた純白の布見本と華やかなレースをエメリーヌはうっとり眺めたが、ふと気付いて首を傾げた。

「今日は一人なのね。助手の子はお休みなのかしら？」

ドレスの基本的な形を決めるなど、既に何度か打ち合わせをしているのだが、年配の仕立て屋の女性は、いつも若い助手の女の子を一人連れていたのだ。

「それが……昨日から急に、あの子と連絡が取れなくなってしまったのです」

仕立て屋は丸い眼鏡をくっと押し上げ、困ったように眉をひそめた。

「あの子は家族がおらず一人暮らしをしているのですが、借りている部屋にも帰っていないようで……」

「それは心配ね」

「ええ。最近の子はすぐに仕事を投げ出すなんて言われがちですけれど、あの子はそんな無責任な子ではないと思うのです。それに近頃は、若い女性が誘拐されるという事件が増えているとの噂もありますから、余計に心配です。全く建国祭も近いというのに物騒で……」

そこまで言ってしまってから、仕立て屋はハッと口を押さえた。

「まだ誘拐と決まったわけでもないのに、嫌な話をお聞かせしてしまい、失礼しました」

「いいえ。その事件なら私も聞いているから大丈夫よ。無事に助手の子が見つかるといいわね」

エメリーヌは頷いた。

最近、王都で若い女性の失踪事件が相次いでいるということは、アルフォンスから先日聞かされていた。

姿を消したのは主に下町に住む女性らしいが、いつどこで事件に巻き込まれるかわからないから、どこかに外出する時には必ず使用人を連れていくように言われている。

明るく真面目な助手の女の子のことを思うと胸が痛むが、今のところエメリーヌにできるのは、彼女の無事を祈ることだけだ。

布とレースの見本からドレスに使うものを選び、少し肩を落とした仕立屋が寂しそうに帰るのを見送るしかなかった。

建国祭が近づくにつれて、王都はますます賑やかになっていく。

行商人も多く市街地を訪れ、エメリーヌは時おりモナを連れて馬車で大通りまで足を運ぶこともあった。

目的は、行商人の市場に出展される骨董品だ。

広い国土の各地から集まってくる行商人は、遠い地の品物も運んできてくれる。

屋敷にある主張の強い調度品に合う品を見つけるのはなかなか大変だったが、様々な骨董品を見るのも楽しい。

その日もエメリーヌは幾つかの店を回り、素晴らしく美しい骨董品のランプを見つけた。

ちょうど模様替え中の部屋のランプにヒビが入っていたので、これに替えるつもりだ。元あったランプよりかなり控えめだが上品な装飾で、これなら部屋の色彩も落ち着く。

そろそろ戻ろうと思った時、遠慮がちな幼い声が後ろからかけられた。

「お願いです。お花を買ってくれませんか？」

振り向くと粗末な装いの女の子が一人、花でいっぱいの籠を手に立っている。

せいぜい六～七歳くらいだろうか。色褪せて継ぎ接ぎの目立つワンピースにボロボロのサンダルを履き、泣きそうな顔でエメリーヌを見つめている。

「エメリーヌ様……買ってあげたいのは山々ですが、いちいち相手をしていたらきりがありませんから」

モナがこそっと耳元で囁いた時、子どもが悲痛な声をあげた。

「お、お願いです！　お母さんが病気になって花を売りに行けなくなったから、わたしが売らなきゃいけないんです！　でも、まだ一本も売れなくて……」

今にも泣き出しそうな子どもと、籠の中の花をエメリーヌはじっと見つめる。

近くの野原で摘んできたのだろう。温室や庭で丁寧に育てられた花とは違う、野生の花ばかりだった。

そのため、花屋で売っているものよりも見栄えはどうしても劣る。相手にされないのも無理はない。

エメリーヌは屈み込み、巾着からアルフォンスにもらった小遣いの銀貨を数枚取り出して、女の子に渡した。

「このお花、全部頂くわ。持っていくのに籠ごと買いたいのだけれど、これで足りるかしら？」

「エメリーヌ様⁉」

「これは私の故郷の野原に咲いていた花で、どれも香りが好きなの。乾燥させてポプリにして部屋の芳香に使いたいのよ。香りを変えるのもいい模様替えになるわ」

ニッコリと笑うエメリーヌと銀貨を、女の子が驚きの表情で交互に見た。

「これ……足りますけど、籠を入れても多すぎると思います」

「それなら、余ったお金でお母さんにお薬を買ってちょうだい。元気になって、またこの香りのいいお花を売ってくれたら嬉しいわ」

「っ……ありがとうございます！」

何度も頭を下げる女の子と別れ、エメリーヌたちは今度こそ市場を後にした。

「いいお花も買えたし、市場は最高ね。まるで宝の山だわ」

帰りの馬車で、エメリーヌはほくほく顔でモナに話しかけた。

厳重に梱包してもらったランプは割れないよう、更にモナが座席で膝に抱えてくれている。

「エメリーヌ様は掘り出し物を見つけるのがお上手なのですよ。このランプも、他のものの陰に隠れていたのをすぐに見つけてしまいましたし」

「私、田舎育ちで山菜採りなども楽しんでいたせいか、昔から目はいいの。でも褒められると嬉しいわ。ありがとう」

照れ笑いをし、エメリーヌはなんの気なしに窓の外へと目をやった。

「……え？」

馬車が走る道脇の雑踏の中に、ふとアルフォンスにそっくりな顔を見かけ、思わず素っ頓狂な声をあげてしまった。

「エメリーヌ様、どうかなさいました?」

「今、アルフォンス様が外を歩いていたような……」

「旦那様が?」

モナが窓の外に顔を向けた。

エメリーヌも急いでもう一度アルフォンスを探したが、既に雑踏の中に見えなくなっていた。

「もう見えないわ。それに、アルフォンス様だったように見えたけれど、一瞬のことだし服装もいつもと全然違っていたから……見間違えたのかしら?」

チラリと見えた彼の姿を思い起こせば、行商人のような服装で荷物を背負っていた気がする。

「旦那様が市井にご用でしたら馬車での移動でしょうし、たまたま似た人だったのかもしれませんね」

「そ、そうね。あまりにもそっくりで驚いたけれど、世の中には同じ顔の人が三人はいると、どこかで聞いたもの」

エメリーヌは笑って答えたが、今一つすっきりしなかった。

城勤めの最中であるはずのアルフォンスが、街中で行商人の恰好をしているなんてありえないと思うのに、どうしてもあれは彼だったような気がしてならないのだ。

ともあれ、今はぐるぐる考えていても仕方ない。

屋敷に戻ると購入したランプを慎重に客間に設置し、エメリーヌはアルフォンスの帰宅を待つことにした。

「――アルフォンス様。少し、変なことを聞いてもよろしいでしょうか？」

思い切ってエメリーヌがそう切り出したのは、寝室に入ってすぐだ。

「変なこと？　一体、なんだろうか？」

タオルで短い髪を拭きながら首を傾げるアルフォンスに、どうしても昼間見た行商人姿の顔が重なる。

「実は今日の夕方、市場の帰りにアルフォンス様にそっくりな方を見かけたのです。お召し物は行商人風だったのですが……」

そう言った途端、アルフォンスの動きがピタリと止まった。

「アルフォンス様……？」

「はぁ……これほど簡単に見つけられるとは。服装だけでなく、もっと変装に凝るべきだな」

額に手をあててうめいた彼を、ポカンとしてエメリーヌは見つめた。

「では、やっぱりアルフォンス様だったのですね」

「ああ。所用で出かけていた」

アルフォンスが気まずそうに眉を下げ、軽く息を吐く。

「すまないが、今はまだこれくらいしか言えない。他の者には黙っていてくれるだろうか？」

「は、はい。見かけた時にモナも一緒でしたけれど、人違いだろうと話していましたので大丈夫です」

「そうか。ありがとう」

アルフォンスが安堵したように微笑み、優しく抱きしめられる。

唇がそっと重なる中、エメリーヌもすっきりした気分になれた。

やはり日中に見かけたのはアルフォンスだったが、彼は誤魔化さずにそうだと教えてくれた。

変装の理由までは教えてくれなかったが、今はまだというからには、いずれそれも話してくれるのだろう。

寝台にそっと押し倒され、エメリーヌは今夜も彼から与えられる快楽に夢中で溺れていった。

9　夜会と不穏

そんな風に忙しく過ごし、瞬く間に一か月が経った。

ついに迎えた建国祭当日。夕陽が射し込む部屋で、エメリーヌはモナに髪を結ってもらっていた。

今夜は王城で開かれる建国祭の舞踏会に、アルフォンスと出席するのだ。

「エメリーヌ様、とってもお綺麗です」

モナが櫛を置き、ほうっと溜息をついた。

「ありがとう。アルフォンス様に気に入って頂けるといいけれど……」

手放しの賞賛に照れ笑いし、エメリーヌは鏡に映る自分を眺める。

花模様の金色刺繍が入った若草色のドレスは、アルフォンスが用意してくれていた何点かの夜会ドレスの中で、一際美しいものだ。

「絶対に旦那様は見惚れてしまいますよ。ドレスに合わせてこんなに素敵な髪飾りまで用意してくださったんですから」

「そうかしら。そうだと嬉しいわ」

エメリーヌは少し首を傾けて、鏡に髪飾りを映した。

マリーゴールドの花を象(かたど)った金細工の髪飾りは、葉っぱの部分に緑の宝石をあしらい、エメリーヌの髪にも、ドレスにもよく似合う。

先日、このドレスを舞踏会に着ていくと告げたらアルフォンスが贈ってくれたものだ。

アルフォンスが選んでくれた物なのだから、自信を持って身に着けるのが礼儀だろう。

それでも内心でドキドキしながら階下へ降りていくと、玄関ホールで待っていたアルフォンスがこちらを見上げ目を見開いた。

「エメリーヌ！」

彼はなぜか大急ぎで、階段の途中にいたエメリーヌのところまで駆け上がってきた。

「アルフォンス様に頂いたものを合わせましたが……いかがでしょうか？」

もしやこの恰好がおかしかったのかと不安になり、情けなくなるほど小さな声になってしまったが、答えを聞くよりも先に抱きしめられた。

「最高に似合っている」

「ほ、本当ですか……？」

「勿論だ。俺の選んだ品でエメリーヌが美しく装ってくれるなど、嬉しくてたまらない」

惜しみない賞賛に幸せでたまらず、胸がキュウと締めつけられるような感覚に襲われた。

それに、アルフォンスの装いとて今夜はとびっきり素敵だ。

彼の瞳のような濃紺の上着には袖口と裾に銀糸で上品な刺繍が施され、絹のクラヴァットをつけて凛と立つ姿は、眩暈がしそうなほどに魅力的である。

「お取り込み中、失礼いたします。旦那様」

不意に咳払いとともに、執事の声が階下から届いた。

「そろそろ出立のお時間ですので、どうぞ馬車にお乗りくださいませ」

「ああ、わかった」

アルフォンスが頷いてエメリーヌをエスコートし、二人は馬車に乗り込んだ。

「王宮に行くのは初めてだったか？」

しばらく街中を走ったところでアルフォンスが口を開いた。

「それが……子どもの頃、昼のガーデンパーティには何度か招待して頂いたことはあるのですが……」

国王夫妻が寛容で子ども好きなので、エメリーヌも昔は父母について、子どもも参加できる昼のガーデンパーティで王城に来たことは何度かあった。

でも、社交界デビュー直後に喪に服したから、建国祭の舞踏会どころか正式な場に出るのは初めてだ。

「――そういうことですので、社交マナーの勉強はしましたが、実際での立ち居振る舞いがきちんとできるか、少し不安です」

「大丈夫だ。エメリーヌは所作も綺麗で、淑女教育も熱心に受けたのだとわかる。堂々としていればいい」

アルフォンスが優しく微笑む。

「は、はい。ありがとうございます」

温かな励ましに、緊張で強張っていた心がゆっくりと解れていくのを感じた。同時に、微かな期待で胸が高鳴る。

彼はいつもエメリーヌが欲しい言葉をくれ、優しくしてくれる。だから自分も、彼の優しさに少しでも報いたい。隣にいて相応しいと認められる存在になりたい。

たとえ、最初は同情から婚約をしてもらったのだとしても、一生懸命に頑張れば……義理や親愛ではなく、一人の女性として魅力的に見てもらえる日が来るのでは？

自分は思っていたより欲張りだったようだ。

こんなによくしてもらっているのに、もっと彼の愛が欲しい。自分がアルフォンスに惹かれているのと同じくらい、愛してもらえたらいいのに……。

そんな想いを押し隠しつつ、彼と談笑していると、薄紫とオレンジの夕陽の中にそびえる王城が近付いてきた。

幾つもの尖塔を備えた芸術的に美しい白亜(はくあ)の城には、既に煌々(こうこう)と灯りがともり、宴の始まりを感じさせる。

招待された貴族の馬車が列をなす中エメリーヌたちの馬車も、ゆっくりと進み中庭に到着して緩やかに止まった。

「さあ、着いたぞ」

先に降りたアルフォンスの手を取って馬車を降りる。

（ここが……）

中庭から続く小道を、大勢の着飾った人々が歩いている。

そしてその先には木々に囲まれた大きな建物があった。あれが今夜の舞踏会の会場となる大ホールだろう。

「さあ、行こうか」

アルフォンスが腕を差し出し、エメリーヌは自分の手を重ねた。

「……はい」

もう数え切れないほどの回数エスコートしてもらっているけれど、彼に触れるたび、未だにドキドキと胸が高鳴る。

ゆっくりと手を引かれながら、少しずつ建物に近付いてゆく。

(……緊張する)

別の意味で心臓がドキドキして、手に汗が滲む。

やがて大ホールの入り口に辿り着くと、アルフォンスは慣れた様子で中に入っていく。しかしエメリーヌは彼の腕を取って歩くだけで精一杯だった。

「大丈夫か?」

「はい。少し緊張していますが、大丈夫です」

アルフォンスは優しく微笑むと、ゆっくりとした足取りで舞踏会の開かれる大ホールに入った。

(わぁ……)

ホールに一歩足を踏み入れたエメリーヌは思わず、心の中で歓声をあげた。

高い天井のホールには煌びやかなシャンデリアがいくつも吊り下げられており、その下では宮廷楽団が奏でる優美な曲に合わせて、着飾った人々が踊っている。

昔、両親に聞いて想像していたものと同じ……いや、それ以上に美しい舞踏会の光景が目の前に広がっていた。

ホールの奥の、一段高くなった場所に国王夫妻と王太子の席があり、招待客はまずそちらへ挨拶に行く。

五十代半ばの国王夫妻は、政略結婚でありながら評判のオシドリ夫婦だ。

上品で威厳がありながら、子ども好きで気さくな面もあり、エメリーヌも幼い頃に招待されたガーデンパーティで会った記憶がある。

その頃よりは当然ながら年を取っていたが、一国を統べる国王と王妃としての威厳はいっそう増しているようだった。

「そなたが噂の婚約者か。バラデュール侯爵が自慢するだけあって実に麗しい」

白い髭を撫でた国王が鷹揚に頷くと、隣に座る王妃も上品に微笑んだ。

「王太子から話は聞いておりますよ。バラデュール侯爵と仲睦まじい夫婦になり、これからもマニフィカ領を繁栄させてくださいね」

「は、はい。アルフォンス様の隣に立つ身として恥じないよう尽力させて頂きます」

カチコチに緊張してしまっていたので、声を上擦らせなかったのは奇跡に等しい。

「初めまして、エメリーヌ嬢。アルフォンスは君のことをよく話してくれるせいか、初めて会ったような気がしないな」

国王の椅子を挟んで王妃と逆隣の席に座するリシャール王太子が、にこやかな笑みを浮かべる。

「恐縮でございます」

もう緊張で内心目が回りそうになりながらなんとか答えると、そっとアルフォンスの手がエメリーヌの腰に添えられた。

彼の触れたところからふわりと身体に温かさが広がり、今にも倒れそうだった緊張が僅かに和らいだ。

「陛下に王妃殿下、王太子殿下には、我が家の事情で今まで多大なご迷惑をおかけいたしましたが、私もついに素晴らしい婚約者を紹介できました。これからは家庭を持つ身として、公私ともにいっそう励むつもりです」

そう言ってお辞儀をした彼に倣（なら）い、ギクシャクした動きにならないよう気をつけながら、エメリーヌもお辞儀をする。

「……私、大きな失敗をしていませんでしたでしょうか？」

玉座の前を離れてから、エメリーヌは恐る恐るアルフォンスに尋ねた。

「安心していい。多少緊張していたようだが、とても立派だった」

優しく微笑まれ、足から一気に力が抜けそうになる。

アルフォンスが気付いて支えてくれ、彼の腕に掴まってなんとか転ばずに済んだ。

「少し静かな場所で休んだ方がいい」

アルフォンスが言い、テラスに置かれた静かなベンチにエメリーヌを連れて行ってくれた。

舞踏会場のホールとテラスの間には大きなガラス窓が幾つもあり、中からも外からもよく見える。

「ここで休んでいてくれ。飲み物を持ってこよう」

「はい……ありがとうございます」

ベンチに腰を下ろし、エメリーヌは少々情けない気分で頷いた。

外に面したホールからは綺麗な星空がよく見えるが、やはりアルフォンスが気になって、チラチラとホールの方へ目をやってしまう。

そしてホールを見ると、ますます落ち込んだ。

アルフォンスは『立派だった』と褒めてくれたが、ガラス越しにホールの中を観察すると、国王一家に挨拶をしただけで疲れ切ってしまった女性など他にはいないように見える。

皆、挨拶の後は意気揚々とホールでのダンスや談笑を楽しみ、それこそ立派に社交界を渡り歩いている感じだ。

（あら……？）

ホールの中ほどで、飲み物のグラスを持って歩いてくるアルフォンスが、誰かに話しかけられて足を止めたのが見えた。

思わずエメリーヌは立ち上がり、じっと目を凝らす。

アルフォンスに話しかけているのはスラリと背の高い黒髪の美女だ。小麦色に日焼けした肌に、鼻筋の通った意志の強そうな顔立ちが凛々しく美しい。

白い肌と従順さこそが美徳とされる貴族女性の中では眉をひそめられかねない容姿のはずなのに、星の光をまとったような銀色のドレスを着た女性は、力強く目を惹きつける魅力が確かにあった。

その魅惑的な美女が、何やら親しげにアルフォンへ話しかけている。

それに対し、アルフォンスも笑顔で応えていた。

一言、二言の挨拶を交わすという様子でもなく、互いに会話を楽しんでいるのが遠目にもわかる。

彼は確か、エメリーヌや屋敷の使用人以外の女性と話すのは苦手だと、以前に言っていた。

バラデュール侯爵である彼との縁談を望む声が後を絶たなかったが、所詮は家柄目当てで、特に魅力もない自分に対し無理に愛想笑いをされるのが苦痛だったとも……。

エメリーヌにしてみれば、これは非常に都合のいい話だった。

アルフォンスは確かにいかにも女性が好みそうな優しげな風貌ではないけれど、エメリーヌは彼の中身も見た目も全てが好ましく大好きだ。

骨董市の掘り出し物に例えるのは失礼かもしれないが、彼の魅力に気付いたのが自分だけなら幸運というもの。

（でも……あの人とはとても楽しそうに会話している……）

ドクドクと、不穏な感覚に動悸がする。

だいたい、彼が素敵な人だと気付いたのが自分だけだなんて考えがおこがましいのでは？

たとえ万人受けはしなくとも、その魅力に気付いた人はよりいっそう夢中になる逸材というのは、品物でも人間でもよくある話だ。

そしてアルフォンスだって、美しい相手に惹かれるのは当然だ。

彼が今、とても親しそうに笑顔を向けている女性が誰なのかはわからない。

先日呼んだ侯爵家の交流関係は年配の夫婦ばかりで、アルフォンスの親しくしている相手も独身男性のみ。あの年頃の女性は一人も載っていなかった。

魅惑的な小麦色の肌の美女はくったくのない笑顔をアルフォンスに向けており、彼もまたとても嬉しそうにそれに応じている。

たった今知り合ったというにしては、どうも親密に見える。

それともこれは、エメリーヌが嫉妬からまともな判断ができなくなっているだけだろうか？

いくらなんでもアルフォンスだって、全ての女性につっけんどんな態度を取るはずもない。単に話しかけられ、宴席でのマナーとして愛想よく受け答えをしているだけかも……。

「……君、アルフォンス・バラデュール侯爵の婚約者だよね？」

不意に後ろから声をかけられ、齧りつくようにして窓ガラスの向こうに見入っていたエメリーヌは、ビクンと大きく跳ねて振り向いた。

いつの間にか背後には、一人の青年が立っていた。

「は、はい！」

答えながら、失礼にならないよう相手をそっと観察する。

一目見て、いかにも高貴な家柄の令息なのだろうと察せられる出で立ちだった。

栗色の髪を丁寧にセットし、スラリとした体軀に流行の刺繡模様が入った上着を身に着けている。

鼻筋のすっと通った秀麗な顔立ちは、街を歩けば大抵の女性の視線を集めそうだ。

「失礼。驚かせるつもりはなかったのだけれど……僕はダニエル・グランデだ。グランデ侯爵家の者と言えばわかるかな？」

「あ……グランデ侯爵家のお名前は勿論存じております」

　バラデュール侯爵家と並ぶ名家として、グランデ侯爵家のことも社交界デビューの前に多少は学んでいた。

　しかし、アルフォンスの口から今までかの家の名を聞いたことはなかったし、例の親しい相手を記した書面にも名がなかった。

　そんな相手から急に声をかけられて困惑する。

「あれ？　アルフォンスとは士官学校で席を並べた親友だったのだけれど、その様子ではやっぱり僕のことは知らされていないのかな」

「やはり……とは？」

「実はつい最近、彼とは大喧嘩をしてしまったからね」

　ダニエルは素早く周囲を見渡すと、困ったように眉を下げて小声で言った。

　ホールは相変わらず賑わっているが、ガラスで仕切られたこちらには誰もおらず、声を潜めれば他に会話は聞こえないだろう。

「彼と君の名誉のために吹聴はしないけれど、君との急な婚約理由を聞いて、それはあまりに非道だと僕は怒ったんだよ。それが彼の気に障ってしまったみたいだ」

「ええと……あの、どういう意味でしょうか？」

全く意味がわからず尋ねると、ダニエルが深い溜息をついた。

「言いにくいけれど、彼には前から妾に囲うつもりの女性がいて、あしらいやすい手頃な婚約者を手に入れたと僕に自慢してきたんだ」

「っ⁉」

あまりにも衝撃的な発言に、エメリーヌは声を発することもできず硬直した。

「アルフォンスは妾だった実母と自身の生い立ちに引け目を感じている。だから、あえて好きな女性を妾にして跡継を作ることで、自分ら母子の正当性を主張したいのかもしれない。彼の生い立ちを思えば気の毒には思うけど……」

「そ、そんな……」

本当だという証拠はありますかと、アルフォンスを信じたい気持ちから聞こうとしたが、声が喉の途中で詰まってしまう。

先日『今はまだ言えない』と変装して街を歩いていた理由を濁していた時の気まずそうな彼の顔や、先ほどの素敵な女性と笑顔で談笑している顔が浮かび、エメリーヌの声を封じた。

「急にショックなことを言ってしまってごめんね。僕としてもそんな不義理は許しがたいし、大切な親友に道を踏み外してほしくはない。でもアルフォンスを怒らせてしまったせいで、肝心な本命の相手を聞き出せなくなったし、彼には絶交宣言をされてしまった」

「あ……」

それで、アルフォンスの交友関係を記した中に、ダニエルの名前がなかったというのなら頷ける。

「こんな話は信じられないかもしれないけれど、彼と別れる覚悟があるのなら、いつでも相談してくれ。絶交されても僕はアルフォンスを大切に思っている。彼が愛する女性を迎えるのならきちんと正妻にすべきだ」

「そ、それは……」

サァッと、一気に全身の血の気が引くのを感じた。足元の地面がガラガラと崩れるような気がして、よろめきそうになるのを必死にこらえる。

信じたくない。こんな話はきっと何かの間違いだ。

そう思いたいのに、ダニエルの話にも信憑性があると、どこか考えてしまう自分がいる。

「ああ、その場合は君との婚約は破棄になるけれど、正式に結婚してから離縁するよりまだ外聞は悪くないだろう？　それに君は可愛らしいから、他にもまたきっと素敵な縁談があるよ」

青褪めて震えるエメリーヌに、憐れむような……奇妙な微笑を浮かべ、ダニエルは足早に去っていった。

「エメリーヌ！」

聞き慣れた声に振り返ると、アルフォンスがこちらに駆けてくるのが見えた。

「今のはダニエルだな？　何か、あいつに言われたのか？」

妙に焦った感じで問い詰められ、エメリーヌは迷った。

今しがた聞かされたとんでもない話を素直に伝え、本当なのかと問い詰めたい気持ちは勿論ある。

でも、万が一にも……。

彼の口から本当だと言われたら、きっと自分は正気ではいられない。

ダニエルの思い違いでそんな事実はないと、否定してもらえれば楽になれるのに、万が一にも決定的な告白を聞いてしまったらと思うと怖い。

「いえ……ダニエル様に、少し挨拶をされただけです」

結局、嘘をついてしまった。

後ろめたくて、まともにアルフォンスの顔が見られなくなる。

「本当に、それだけなのか？」

やはり自分の態度は不自然だったらしい。

いつになく強張った声で尋ねられ、仕方なく頷いた。

「ええ。疲れていたのがわかったようで心配してくださいました。それだけです」

「……では、なぜ俺を見ない？」

これまでにない強い彼の口調に、ビクリとエメリーヌは肩を震わせた。

「も、申し訳ございません……」

恐る恐るアルフォンスの方を見ると、彼は奇妙な表情をしていた。とても不安そうで……今にも泣き出しそうに顔を歪めている。

やはり彼は、ダニエルからエメリーヌに話されてはまずいことがあり、それを聞いたのか不安で仕方がないのだろうか。

そんな疑念がいっそう胸をどす黒く染めていく。

「いや……俺の方こそきつい言い方をしてすまなかった」

アルフォンスが息を吐き、両手に持っていたグラスの片方を渡す。

「オレンジジュースだが。飲めそうか？」

「え、ええ。ありがとうございます」

ぎこちなく笑い、エメリーヌはグラスを受け取った。

渇いた喉に冷たく甘いオレンジジュースは心地よいはずなのに、まるで味気なく感じる。

アルフォンスも立ったまま自分のグラスを一息に飲み干し、落ち着かなさげに目を彷徨わせていた。

しばし、居心地の悪い沈黙が二人の間に漂う。

ホールから響く楽しげな賑わいと対照的な、今にも逃げ出したいくらいの沈黙だ。

「ところで……エメリーヌに紹介したい女性がいるのだが」

不意にアルフォンスが発した言葉に、エメリーヌは再びすぅっと血の気が引くのを感じた。

手の中からグラスが滑り落ち、石の床に落ちて砕け散る。

「っ‼　大丈夫か⁉」

慌ててアルフォンスが屈み込み、グラスの割れる音を聞きつけたらしい使用人も駆け寄って来た。

「申し訳ありません……私……」

全身がガタガタ震えるのを抑えられずに呟くと、アルフォンスが心配そうに顔を覗き込んできた。

「顔色がよくない。紹介はまた今度にして、今日はもう帰った方がよさそうだな」

「は、はい……」

エメリーヌが頷くと、アルフォンスはグラスを片付けていた使用人に何か告げ、ホールの方を手で示した。

その先には、例の小麦色の肌の美女が一人でゆったりとグラスを傾けている。その様子から察するに、何か彼女へ言伝を頼んだのだろう。

やはり紹介したい相手というのは、彼女だったらしい。

ガツンと、頭を鈍器で殴られたような衝撃が走った。

だって、エメリーヌから見ても彼女は華やかで生命力に満ち溢れた美しさを放っていて、エメリーヌとはまるで真逆の美女だから。

ガラスに薄く映る自分は、幽霊みたいに陰気で覇気がなく頼りない顔をしている。

せっかくこの日のために選んだ綺麗なドレスも、アルフォンスが贈ってくれた髪飾りも、これでは台無しだ。

エメリーヌが男性だとしたら、確実に例の彼女の方を魅力的に思うだろう。

その後、どうやって家に帰ったのかはよく覚えていない。

抜け殻のように放心したエメリーヌを、アルフォンスが抱きかかえて馬車に乗せ、連れ帰ってくれたようだ。

モナは真っ青な顔で帰宅したエメリーヌを見て、自分がコルセットを締めすぎてしまったと大騒ぎ。

気分が悪くなったのは断じてコルセットのせいではないと説明しても聞かず、大急ぎでドレスから楽な衣服に着替えさせ、気付け用の煎じ薬まで持ってきた。

真っ黒な煎じ薬はひどく不味かったが、仕方なく飲んで簡単に湯浴みを済ませ、早めに寝室に入る。

一人で寝台に横たわっていると、不安が際限なく湧き上がってきた。

アルフォンスには再会した当初から、こちらが戸惑うほどによくしてもらっている。

昔、マニフィカ家の世話になったからというだけで、過剰なまでにエメリーヌを厚遇し婚約を持ちかけてきたことを、ずっと不思議に思っていた。

それでも彼は毎晩のようにエメリーヌを抱き、愛していると言ってくれる。

初めて交わった晩に思ったように、その『愛している』は親愛とか庇護対象の相手に向ける可愛がる表現とか、そんな類だと考えていた。

けれど毎晩甘く囁かれれば、時おり微かな期待がよぎるのも無理はないだろう。

アルフォンスもだんだんとエメリーヌを一人の女性として見て、こちらが彼を思うような愛を向け始めてくれているのでは？　……と。

（でも……）

自分が昔は世間知らずの楽観的な箱入り娘だったのは、叔母夫婦の件で嫌というほど思い知ったではないか。

自分だけは誰からも愛されて大事に思われていると信じ、裏切られるなんて微塵も思っていなかったからこそ、あんなに酷い目に遭った。

勿論、アルフォンスが叔母夫婦のように酷いとは決して思わない。

彼ならたとえ本当はダニエルの言う通り、真に愛する女性を妾に囲ってエメリーヌを名目上の妻にするとしても、罪滅ぼしに優しくしてくれるかもしれない。

でも、それでは嫌だと心の中で叫ぶ自分がいる。

考えれば、ただエメリーヌは遠目でアルフォンスが女性と談笑しているのを見ただけで、ダニエルの言葉が真実だという保証もない。

ダニエルが何か勘違いをして、それでアルフォンスの気を悪くさせて仲たがいをしたのでは……など、自分に都合のいい展開をいくつも考えてはみた。

だが、無理にでも楽観的に考えようとすればするほど、疑いの気持ちが増していく。

そもそも、なぜ彼は両親の葬儀でいきなり求婚してきたのか?

あの時、エメリーヌと再会したのは十年以上ぶりのはずだ。

彼が知っていたのは、エメリーヌが両親を亡くしたばかりで社交界デビューもしておらず、婚約者もいないという事実だけ。

エメリーヌの内面など何も知らず、好きになるきっかけがあったとは思えない……。

そこまで考えて、気がついた。

全てが逆なのだ。

彼はエメリーヌを好きになったから求婚をしたのではなく、求婚してから好ましい相手のように接してくれた。

（だとしたら、やっぱり……）

信じたくないのに、考えれば考えるほど、ダニエルに言われた言葉が心を蝕(むしば)んでいく。

アルフォンスが生い立ちで苦労したのは、本当に気の毒だと思う。

でも、彼が他の女性を囲うなんて考えただけで嫌だ。

アルフォンス母子を苦しめた前侯爵夫人を、なんて心の狭い嫌な人だと思っていたけれど、いざ我が身に降りかかると身につまされるものがある。

エメリーヌはそこまで苛烈な嫌がらせはできないけれど、もしアルフォンスが妾を囲ったら、間違いなく嫉妬する。

自分が嫉妬に苦しむだけならともかく、その相手やアルフォンスに対しても、嫌味の一つも吐いて可愛げのない態度を取ってしまうのは容易に想像ができた。

そんな醜(みにく)い自分の姿は、死んでも彼に見せたくはない。

それならいっそ、彼の前からこのまま消えた方がマシだ。

「エメリーヌ、具合はどうだ？」

不意にアルフォンスの声がして、寝衣に着替えた彼が部屋に入ってきた。

「もう大丈夫です。ご心配をおかけしました」

寝台に起き上がり、エメリーヌは深々と頭を下げる。

「体調が悪かったのだから仕方がない。俺がもっと早く気付くべきだった」

どこまでも優しい彼の言葉に涙が滲んできた。ほんの数時間前まで、この優しさに有頂天になっていたのに、今はとても喜べない。

ダニエルにほんの少しの言葉を吹き込まれただけで……いや、これは全て、エメリーヌに自信がないせいだ。

自分が彼に愛されるに相応しい人間だと自信があれば、誰に何を言われようと、気持ちを揺さぶられることはなかった。

堂々とアルフォンスに真偽を聞き、誤解なのかと確かめることができた。

でも、分不相応な立場で甘えてばかりいると自覚しているからこそ、裏があったのかと納得してしまう自分がいる。

「アルフォンス様は何も悪くありません。ただ……」

一瞬、やはりダニエルの言葉の真偽を尋ねたい衝動に駆られた。

　だが、もしもアルフォンスが肯定したり、それを聞いて動揺する素振りを見せたりしたら

……そんな可能性が、砂一粒ほどでもあるかもしれないと思うと、恐怖に臓腑が凍りつく。

　気付けばエメリーヌの口は、全く違う言葉を発していた。

「今まで本当によくして頂いたと、感謝しております」

「エメリーヌ？」

「貴方に助けて頂けなければ、私は非道な男と結婚させられ、伯爵領も叔母夫婦に好き勝手にされ続けていました。天国の両親もきっと、もう十分すぎるほどにお返しを頂いたと言っているはずです」

　手の震えを抑えようと、指が白くなるくらい力を込めて両手を握り合わせた。

　ここまで言ってしまえば、もう後戻りはできない。

　自分は負けた。

　アルフォンスのせいでも、あの話をしたダニエルのせいでもなく、自分の心の弱さに負けて逃げる道を選んでしまった。

　真っ向から向き合って傷つく可能性より、何もかもから逃げる道を取った。

「で、ですから……アルフォンス様もどうか、私のことなど忘れてお幸せになってください。婚約破棄は私の我儘だと公表して頂いて結構です。ダニエル様もご協力なさってくださると

「……」

「ダニエル……だと？」

途端にアルフォンスの声が低くなった。

「え……あの……」

「悪いが、今回ばかりはエメリーヌの言うことを聞くつもりはない」

唸るような声とともに手首を掴まれ、視界がくるりと反転する。

あっと気付いた時にはもう、エメリーヌはアルフォンスに組み敷かれていた。

＊　＊　＊

――少し、時間はさかのぼる。

アルフォンスは青褪めてぐったりとしたエメリーヌを夜会から馬車で連れ帰る途中、不穏に激しくなる心臓の鼓動を必死で鎮めようとしていた。

元から今夜の舞踏会では旧知の女性をエメリーヌに紹介するつもりだった。

だが、飲み物を取りに行った時に彼女と偶然出会い、少し戻りが遅れたのが運の尽きだった。

テラスに戻ると、エメリーヌがダニエルに何か言われていた。

彼女はこちらに背を向けていたが、ダニエルはアルフォンスに気付くとニヤリと微かに笑い、足早に去っていった。

その様子から、何かろくでもないことを企んでいるのは間違いない。

そしてエメリーヌは、ダニエルとただ挨拶をしただけだというが、アルフォンスの方を見ようともせず、明らかに挙動不審。

ダニエルのことだから、アルフォンスの悪口など、何か自分には言いにくいことでも吹き込まれたのかもしれない。

そう思い無理に聞き出さないでおくことにしたが、まさか突然婚約破棄を言い出されるとは予想外すぎた。

しかもダニエルが協力してくれるなどと……そう言われ、不意に嫌な予感が頭をよぎった。

舞踏会でエメリーヌはダニエルに話しかけられた時、彼に甘い言葉でも囁かれて恋をしてしまったのではなかろうか？

世の中には、アルフォンスのような無骨な男よりも、もっと気が利いて女性を惹きつける男が大勢いる。

ダニエルのことをアルフォンスは個人的に好きではないが、女性の前では常に絵に描いたような完璧な貴公子ぶりを披露しているのは認めざるを得ない。

エメリーヌはアルフォンスが妾腹であることをあれこれ言ったりする女性ではないけれど、単純に貴公子らしい異性に魅力的だと惹かれても、無理はないと思う。

それでも彼女に自分以外を見てほしくない……。

手放すくらいなら、いっそ壊してでも自分の下へ繋ぎとめてしまいたい。

毎晩彼女と愛し合っていた寝台が、やけに居心地悪く感じた。

洗い立ての敷布も、花の香りが漂う空気も……エメリーヌと楽しく過ごしていたはずの空間が、今は全て苛立つ要素になる。

自分に見下ろされエメリーヌが身を固くしている。青褪め、息を詰めているのは、アルフォンスの怒気に怯えているのだろう。

彼女を怯えさせたくなどなかったのに、どうしても気持ちが鎮められない。

怯えて動けなくなっているだけでも、自分から逃げないでいてくれるのなら、こうして捕まえていたい。

アルフォンスはエメリーヌの華奢な手首を摑み、有無を言わせず押し倒した。

「あ、アルフォンス様……何を……っ！」

何か言いかけた彼女の口を、聞きたくないとばかりに唇で塞いだ。

「んっ、んんっ……」

顔を背けて口づけから逃れた彼女の寝衣に手をかけ、力をこめる。

布地を引き裂く寸前、間近にある彼女の瞳が大きく見開き、視線が合った。

涙の膜が張った彼女の瞳に、嫉妬に狂った醜悪な自分の顔が映っている。

――俺は、今……何をしようとした……？

ゾワリと背中に冷たいものが走り、金縛りにでもあったかのようにアルフォンスは動けなくなる。

全身から冷や汗が噴き出し、指先が小刻みに震えるのを止められなかった。

「エメリーヌ……」

掠れた声で彼女の名を呼んだものの、続く言葉が見つからずに唇を噛んだ。

愛しているだとか、大切にしたいとか、守るとか……あれだけ固く決意をしていたのに、このざまだ。

自分がエメリーヌを愛しているのだから、彼女にも無条件で応えてほしい。

そんな身勝手な思いで傷つけようとしたのなら、彼女を虐げた叔母夫婦やコルベルと同じではないか。

一番大切な宝物を、他人の手に渡すくらいならと自分から壊しかけるなんて……。

「っ……す……すまない……」

幼い頃から妾の子として、散々な目に遭ってきた。

一応は跡継ぎだから命までは奪わないにしろ、手足の一本も持っていかれそうだった嫌がらせは何度も受けたし、成長して仕官となってからは、命がけの戦場も体験した。

それでも、これほどまでの恐怖と絶望を感じたのは初めてだ。

力で押さえ込むのは立派な暴力だ。

それを受けた彼女から、嫌悪か、軽蔑か……そうした目を向けられるだけのことを、自分はたった今やってしまった。

エメリーヌが今、どんな目で自分を見ているのか、恐ろしくて直視できない。

自分は城のテラスで、エメリーヌから目を逸らされた時に苛立ったくせに。

強引に求婚を承諾させてしまったも同然の彼女に、内心では多少なりとも怖がられているのではと、ずっと不安だった。

その半面、エメリーヌがあまりにも可愛らしく懐いてくれるから……彼女も自分を憎からず思い始めてくれているのかもしれないと希望も抱いていた。

でも、その僅かな希望すら、たった今全部、自分で台無しにしてしまった。

「……」

もう一度、アルフォンスは口を開いたものの、謝罪の言葉は喉の奥に張りついて何も言えなかった。

謝ったからといって、今の行為が帳消しになるはずもない。

ガクガクと震える足を気力で抑え込み、アルフォンスはなんとか立ち上がる。

「アルフォンス様……」

エメリーヌの声が微かに聞こえた瞬間、自分でも情けなくなるほどにビクンと肩が跳ねた。

何を言われるのか聞きたくない。

アルフォンスは彼女から視線を逸らしたまま、飛び出すように寝室を出て行った。

10　嘘と危険

あれほど悲しくてたまらなかったのに、疲れ切っていたのか、いつの間にか自分がぐっすり眠っていたのに気付いてエメリーヌは驚いた。

カーテンを少し開けると、まだ少し青白い朝の光が部屋に射し込んでくる。

当然ながら寝室にアルフォンスの姿はなく、隣の彼の部屋に誰かがいる気配もない。

少しホッとして私室へと移ると、モナが静かに部屋の掃除をしていた。

「エメリーヌ様！　おはようございます。もう起きられたのですか？」

いつもの起床時間より、随分と早かったからだろう。

驚いた様子のモナに、エメリーヌは力なく微笑んで答えた。

「おはよう。昨日は早く床に入ったせいか、早く目が覚めてしまったの」

「そうでしたか」

「ええ……ところで、アルフォンス様は？」

彼と顔を合わせるのは気まずかったが、昨夜のことが頭の中でモヤモヤとしている。

アルフォンスはダニエルの名を聞くと激高し『悪いが、今回ばかりはエメリーヌの言うことを聞くつもりはない』と、言っていた。

やはり彼は、あえて本命の女性を愛人に囲うという考えをダニエルに否定されて、腹を立てているのだろう。

とはいえ、既に正式に婚約の書類は記入してある。

昨夜は国王夫妻にまで婚約者として紹介されてしまったし、婚約破棄をするのならそれなりに手続きがあるから、エメリーヌの一存ではどうにもできない。

「旦那様でしたら、既にお出かけになられました。何でも今日は早く登城する必要があるとかで」

「あら、そうなの……」

拍子抜けした気分で、息を吐いた。

彼と再度話し合う必要があると思ったが、仕事ならば仕方ない。

「それからですね。あの、旦那様から厳命されたのですが……」

モナが俯きながらエメリーヌをチラチラと見て、妙に歯切れの悪い感じで切り出す。

「アルフォンス様から、何を？」

「エメリーヌ様を当面、お屋敷から一歩も外に出さないようにと……必要なものがあれば、全て私ども使用人がご用意いたします」

「え……どういうこと？」

エメリーヌは耳を疑った。

「それが、私どもにも理由はわからないのです。絶対だと念を押されただけでして」

アルフォンスの真意はわからないが、彼の言いつけならば屋敷の者は従わざるを得ない。

モナにもこれ以上の迷惑をかけるわけにはいかない。

「……そう。わかったわ」

エメリーヌは大人しく頷いた。


それから三日間。

エメリーヌは言いつけ通り、屋敷から一歩も出ずに過ごした。

かろうじて温室へ散歩に行くのは許されていたが、それもモナがピッタリと付き添うように厳命されているのだという。

あの晩、アルフォンスは相当に腹を立てていたようだし、どちらかといえばその場合は、すぐに出て行けと追い出されるのではないかと思うのに……。

しかもモナを始め使用人たちはエメリーヌの外出禁止の理由も、先日の舞踏会の後でエメリーヌから婚約破棄したことなども、一切聞かされていないらしい。

「例の下町の誘拐事件がありますから。解決されるまで付き添いがいても外出させるのは危険だと思われたのではないでしょうか？　旦那様はエメリーヌ様をそれはもう愛していらっしゃいますから」

モナはそんな風に言ったが、エメリーヌは複雑な気分で曖昧に返事をすることしかできなかった。

アルフォンスには他に真実愛する人がいるのかもなんて、わざわざ自分が吹聴することではない。

舞踏会の後の反応からして、限りなくそうではないかと思っているけれど、彼がはっきりそう言ったわけではなく、屋敷の者たちも聞かされてはいないようだ。

自分は本当に強欲だったのだなと、エメリーヌは自身に呆れる。

アルフォンスの母がそうだったように、困窮した貴族の娘がお金のために嫁ぐなんて、よくある話だ。

突き詰めてみれば今回の話だって、急に身寄りを失くして爵位の存続も危うくなったエメリーヌを、アルフォンスが結婚という形で買い取ろうと申し出ただけ。

しかも彼は無理に結婚を迫ったわけでもなく、エメリーヌの喪が明けるまで待つという紳士的な態度を取ってくれた。

そのあげく、エメリーヌが叔母夫婦に騙されて酷い目に遭っても、厄介ごとが増えたのに文句も言わず全て解決してくれた。

それこそエメリーヌは彼に、一生かけても返し切れないほどの恩があるのだ。

これだけ世話になっておいて、彼に恋をしたから利用されるのは辛いだなんて、虫がよすぎる話だろう。

アルフォンスとは舞踏会の日以降、一言も話せていない。

彼は一応、帰宅はしているようだが、エメリーヌとは他の部屋で眠り、食事も別にとっている。

時おり廊下を歩いている時など、ふと視線を感じて振り向くと、壁や柱の陰からこちらを睨んでいると思ったら、急いで去っていく。

一人きりの食事は味気なく、一人で眠る広い寝台も寂しくてたまらないが、睨まれるなんて、やはり相当に怒らせてしまったのだろう。

でも、その割には一向に出て行けという通達もなく、婚約破棄に必要な書類を寄越されることもないのが、やはり不思議だ。

（……アルフォンス様は一体、何を考えていらっしゃるのかしら？）

そんな昼下がり。

部屋の窓辺でぼんやり外を眺めていると、一台の馬車が屋敷の門をくぐるのが見えた。

アルフォンスの馬車だが、彼が城勤めから帰宅するにしては、随分と早い時間だ。

エメリーヌの私室からは、ガラス窓に顔をつけるようにすれば玄関ポーチまでなんとか見ることができる。

なぜかどうしても気になり、行儀が悪いがベタッと頬を窓に押しつけて馬車を観察したエメリーヌは、全身が総毛立つのを感じた。

アルフォンスに手を取られて馬車を降りたのは、先日の舞踏会で見かけた小麦色の肌の美女だった。

訪問ドレスを着た彼女は相変わらず美しく、アルフォンスと何か話しているようだ。

（やっぱり……）

どうしてもアルフォンスは、彼女とエメリーヌを引き合わせたいようだ。それだけ彼にとって、あの人は特別な存在なのだろう。

ここからでは声まで聞えないのは承知だが、必死で二人の様子を窺っていると、不意に扉を叩く音とモナの声がした。

「はい」

もつれそうな舌を必死に動かして返事をすると、モナが扉を開けた。

「旦那様がただいま、お客様をお連れになりました。エメリーヌ様にご紹介したいので、客間に来るよう仰せつかっておりますが……」

そこまで言うとモナは言葉を切り、じっとりと冷や汗を滲ませているエメリーヌの顔を、マジマジと見つめた。

優しく献身的な彼女とは、ここに来てからすっかり仲良くなった。

モナが何かを察したように、口を開く。

「エメリーヌ様。私は一介の使用人ですので、旦那様との間に何があったのかなどお伺いするつもりはありません。ただ、どうしても気が進まないようでしたら、旦那様にはお加減がよろしくないと申し上げて参ります」

「い、いえ……大丈夫よ」

「ですが……」

「すぐに行くわ。モナは料理長のところへ、私の生家から持ってきたブレンドレシピでお茶を淹れてくれるよう頼んでくれるかしら?」

とっさにそう言うと、モナは頷いた。

「かしこまりました」

モナがお辞儀をして去ったのを確認し、エメリーヌは大きく深呼吸をする。

エメリーヌがこのまま応接間に行かなければ、アルフォンスはひどく気分を害するだろう。

でも、モナの厚意に甘えて今日は仮病を使ったところで、いつまでも例の彼女と会うことから逃れられるとは思えない。

クローゼットから一番地味な外出用の上着を掴んで羽織り、部屋から勢いよく走り出す。

（ごめんなさい！）

アルフォンスや同伴の女性、モナを始めとした屋敷の人たちに、エメリーヌの結婚を祝福してくれた伯爵領の人々……。

一体誰に謝っているのかも、よくわからなくなってきた。

階段を駆け下り、普段は行かない裏口に向けて全力で駆ける。

「エメリーヌ様!?」

途中、何人かの使用人が気付いて追いかけてきたが、止まらずに夢中で走り続けた。

そしてついに厨房脇にある裏口の扉に手をかけ、飛び出した。

更に裏庭も抜けて、使用人が使う裏手の通用門からも抜け出せた時は、達成感より罪悪感に押し潰されそうだった。

誰にも捕まらずここまで逃げてこられたのは、皮肉にもこの屋敷の者がエメリーヌに優しかったからだ。

叔母夫婦が雇っていた使用人のように、殴ったり蹴ったり髪を摑んだり物を投げてきたり……手段を問わずに阻もうと思えば、エメリーヌなど簡単に捕まえられたはず。

でも……だからこそ、そんな優しい人たちを裏切ってしまった今、もうそこに戻ることなどとてもできない。

静かな屋敷の前の道から一本角を曲がると、そこはもう賑やかな通りだ。

まだ陽も高い時間なので、買い物中の主婦や道具を担いだ職人などが大勢行き来していた。

一人歩きの貴族女性は珍しいから、地味な上着を着ていてもドレス姿のエメリーヌを、通りすがりの人がジロジロと眺める。

エメリーヌは慌てて通りの端に行き、目立たないようになるべく身体を縮こませて歩き出した。

（これからどうしよう……）

ひとまずはマニフィカ家の街屋敷に行こうかと思ったが、勢いで飛び出してきてしまったので、馬車に乗るための小銭の一枚も持っていない。

だいたいの住所はわかるけれど、王都の道は複雑に入り組んでいる。

歩きで行くのはかなり大変そうだが他に方法はなく、うろ覚えの道を辿ってトボトボと歩いていると、不意に一台の馬車がすぐ近くで止まった。

「あれ？　エメリーヌ嬢じゃないか」

「ダニエル様⁉」

立派な馬車の窓から顔を覗かせたのは、先日に舞踏会で会ったダニエルだった。

「供もいないようだし、こんな所を君のような女性が一人で歩くのは感心しないな。一体、何があったんだい？」

「そ、それが……その……いろいろと……」

しどろもどろになってエメリーヌは言葉を探した。

彼の言う通り、貴族女性が単身で馬車にも乗らず街を歩いているなんて不用心だ。

なんとか上手い言い訳はないかと考えていると、フッとダニエルが苦笑した。

「……なんだか、話しにくいことのようだね」

彼は馬車から降りてエメリーヌの前に立ち、気の毒な相手を見るような目になった。

「ひょっとして先日の舞踏会の後、アルフォンスと何かあったのかな？」

「っ！」

図星を指されて口籠ると、彼の表情がますます憐れみの色を帯びる。

そして彼は、開いたままの扉から見える座席を手で示した。

「それならひとまず僕の屋敷に来ないか？　お茶でも付き合ってくれると嬉しいな」

唐突にそんなことを言われ、面食らった。

「いえ、そのようなご迷惑をかけるわけには……」

「いやいや、ここで断られる方が、よほど迷惑なんだよね」

「……え？」

エメリーヌが目を丸くすると、ダニエルは眉を下げて軽く肩を竦めた。

「昨今、女性の連続誘拐事件が起きているのは君も知っているだろう？　もし君がこのまま街をうろついて被害者になったら？　その前に君を見かけていたのに保護しなかった僕は薄情者だと、城での立場がなくなってしまう」

「そ、そのようなつもりは決してありません」

たじろぐエメリーヌの気持ちを後押しするように、ダニエルは微笑んで手を差し出した。

「おおかた、アルフォンスと揉めてしまって屋敷を飛び出したのだろう？」

「あ……」

一瞬言葉に詰まってしまい、気まずくて目を逸らした。肯定をしたようなものだ。

そんなエメリーヌに、ダニエルは苦笑する。

「図星のようだね。微力ながら僕が仲裁してあげてもいい。先日も言った通り、今は喧嘩をしていても僕は彼を親友だと思っているからね。彼には幸せになってもらいたいんだ」

「っ……」

その魅力的な申し出に、つい心が揺らいだ。

アルフォンスは婚約破棄の件に関して、エメリーヌの言うことをきく気はないと断言しているし、実際にあの日から他のことでも一言も口をきいてくれない。

だが、他の人の言うことなら耳を貸してくれるのではなかろうか？　ひどく揉めた時は第三者に仲裁に入ってもらうのが一番とも聞く。

「この手を取るかどうかは、君が決めるといい」

そう言って微笑むダニエルを、ゴクリと唾を飲んで見上げる。

まだ二回しか会っていない相手を頼るのは気が引けるが、彼はアルフォンスとは元から知り合いだ。

それに、喧嘩をしてもアルフォンスに幸せになってほしいという彼に、好感を覚えた。

エメリーヌだって、アルフォンスには幸せになってほしい。その点では同じだ。

「では……お願いします」

緊張しながら手を差し出すと、その手をしっかりと握られた。

「うん、いい子だね」

ダニエルは笑顔で頷くと御者に何か耳打ちをして、エメリーヌの手を取って馬車に乗せた。

ギシリと軋む踏板に足を乗せ、ようやくエメリーヌは先ほどからなんとなく抱いていた違和感の正体に気がついた。

普通、貴族は自家の家門が刻印された立派な馬車を使う。

馬車の質で家格が測られるというくらいなので、無理をしてまで立派な馬車を用意する家もあるくらいだ。

しかしダニエルが乗ってきた馬車は家門がないどころか塗装も最低限で、街中をたくさん走るありふれた辻馬車のような造りだった。

(……でも、馬車が修理中など理由は色々とあるわよね)

ダニエルのような名門貴族の令息が乗る馬車にしては意外だったが、何かしら事情があるのだろうと、エメリーヌは深く考えないことにした。

御者が鞭を鳴らし、馬車はガタゴトと揺れながら進んでいく。

エメリーヌはダニエルと向かい合わせに座ったが、特に話題も思いつかず、ダニエルは先ほどの愛想が嘘のように難しい表情で黙りこくっている。

(気まずい……)

重い沈黙を、エメリーヌは窓の外を眺めてやり過ごすことにした。

ダニエルの屋敷がどこにあるのかは知らなかったが、市場の方角に向かっているらしい。

次第にガヤガヤと周囲の喧騒が大きくなり、馬車の中にも賑やかな声が届くようになってきた頃。

「……悪くない……僕は悪くない」

ダニエルが俯き、何か小声を発した。

「ダニエル様？」

エメリーヌが声をかけるも、彼はまるで聞こえていないかのように頭を抱え、ブツブツと独り言を繰り返している。

「たまたま運が悪かっただけなんだ……それに王太子とアルフォンスが余計なことを嗅ぎ回るから……くそっ、どうして僕がこんな目に……っ」

「あ、あの！　いかがなさいましたか？」

唐突に苛立った様子で支離滅裂なことを呟き出したダニエルに、エメリーヌはもう少し大きな声をかけた。

「っ！」

ハッとしたようにダニエルが顔を上げ、張り付けたような笑みを浮かべる。

その様子が薄気味悪く、エメリーヌは背筋を冷たいものが走るのを感じた。

「ダニエル様……大変申し訳ないのですが、私はやはりここで降りさせて頂きます。生家の街屋敷が市場の近くですので、ここからなら歩いてでも……」

そう言いかけたが、ダニエルにぐっと片手首を掴まれた。

「ねえ？　エメリーヌ嬢。君はどうしようもない馬鹿だよね」

「えっ⁉」

唐突な暴力と暴言に驚くエメリーヌに、ダニエルは秀麗な顔を嘲るように歪ませる。

「例えば僕がアルフォンスの親友どころか、本当はアイツが憎くてたまらないのだとしたら？」

「ダニエル様……？」

「今日会ったのは本当に偶然にしても、舞踏会では君が一人になるのを見計らって、アイツとの仲が拗れそうな作り話を適当にでっち上げたのだとか、考えもしなかったのかな？」

「っ⁉」

ガツンと頭を殴られたような衝撃を受けた。

もっともらしい口上にあっさり騙された自分の愚かさが、本当に嫌になる。

しかし彼の言うことが嘘だったのなら、あの小麦色の肌の美女は一体誰なのだろう……？

気にはなるものの、今はニヤニヤ意地が悪そうに笑っているダニエルから逃げるのが先決だ。

とっさにエメリーヌは掴まれていない方の手で髪をまとめるピンを一本引き抜き、ダニエルの太腿に思い切り突き刺した。

「ぎゃっ！」

短いピンでも不意打ちで刺されれば痛かっただろう。

とっさに太腿を両手で押さえたダニエルが手首を離した隙に、馬車の扉を開けて飛び降りようとしたが、襟首をぐいと掴んで引き戻された。

「誰かたす……！」

大声で助けを求めようとしたが、全て言い終える前にダニエルの手で口を覆われ、ピシャリと扉を閉められる。

窓の外を歩く通行人が何人かチラリとこちらを見たようだったが、厄介ごとには関わりたくないのだろう。

皆、すぐに顔を逸らしてさっさと立ち去っていく。

（そんな……）

絶望に打ちひしがれる間もなく、後ろに腕をねじり上げられた。

「痛いっ！」

腕が折れてしまうのではと思うほどの激痛に悲鳴をあげるが、ダニエルはもがくエメリーヌを押さえつけると、手際よく口に布をねじ込んで声を封じ、上からも何重にも布を巻きつける。

そして仕上げとばかりに、勢いよくエメリーヌの頬を平手で打った。

「っ！」

「もっと痛めつけられたくなければ黙れ」

乾いた音の後に、一瞬遅れてじんじんと頬が熱を持って痛み出す。

しかしそれ以上に強い恐怖がエメリーヌを押さえつけ、逆らう気力を削ぎ取っていく。

「ひ……っ」

目を大きく見開き喉を引き攣らせたエメリーヌをダニエルは満足そうに見下ろす。

その歪んだ笑みを浮かべた顔には、先日の舞踏会で会った時の気品はまるでない。見た目こそ裕福な貴族の美形令息だけれど、とても野蛮で醜く見える。

「せっかく捕まえたのに、逃げられてはたまらないからな」

ダニエルが言い、震えているエメリーヌの頭からすっぽりと袋をかぶせ、手足も厳重に縛った。

口を塞ぐ布は息ができる程度に穴こそ空いているけれど、全身の自由を奪われてろくに動けない。

偶然エメリーヌを見つけたと言ったから、これらの物は馬車に常備してあるということか。どう考えても、彼はまともではない。

「……っ」

怖い！　怖い怖い怖い！

「さて、思わぬ収穫だ。早く店に案内しよう」

袋をかぶせられて真っ暗な中で、ダニエルの機嫌のよさそうな声が聞こえる。

（お店？　……なんのお店なのかしら？）

この状況からして、まともな行き先でないのは確実だと思ったものの、エメリーヌにそれ以上のことを知る術はない。

視界と口を完全に塞がれたまま、ガタガタと揺れる馬車の振動でどこかに連れて行かれるしかなかった。

＊　＊　＊

アルフォンスは連れて来たクロエと応接間で待っていたが、エメリーヌは一向に来ない。代わりに、邸内が妙に騒がしくなってきた。

(何かあったのか……?)

訝しく思っていると、クロエが肩を竦めた。

「さっきからソワソワしているけれど、愛しの婚約者さんと仲直りしたいのなら、まずは貴方が直接、部屋まで迎えに行った方がいいんじゃないかしら?」

「いや、しかし……俺が行っても喜ぶかどうか……」

モゴモゴと言い訳をするアルフォンスに、クロエの目がますます呆れたようなものになった。

元から切れ長の瞳が、いっそう冷ややかになっている。

「それじゃ私は、二人の思い切りギクシャクして気まずい雰囲気の中でどうしたらいいの?いくらなんでもそんな時に紹介するなんて非常識でしょうが」

「そっ、それはお前が忙しくて今日しか空いていないとか、我儘を言うからだろうが!」

アルフォンスが怒鳴った時、急に応接間の扉がバタンと開いた。

普通ならノックもせずに応接間の扉を開ける使用人などこの屋敷にはいない。

現れたモナは血相を変えており、明らかにただ事ではない。

「旦那様！　た、大変です！」

今にも倒れそうなほど青褪め、両肩で息をしているモナに、アルフォンスは駆け寄る。

「落ち着け。一体、何があった？」

そう尋ねると、モナはヘナヘナと腰が抜けたようにその場に座り込み、涙交じりに大声を張り上げた。

「申し訳ございません！　エメリーヌ様を一人でお屋敷の外に出してしまいました！」

「なっ……!?」

蒼白になったアルフォンスは、続々とやってきた使用人から、エメリーヌが突然裏口から出て行ってしまったことを聞く。

（エメリーヌ……！）

己の不甲斐なさを心から悔いる。

本当は舞踏会の後ですぐ、平身低頭してエメリーヌにした暴挙の許しを請い、彼女への愛を全て伝えて捨てないでほしいと懇願するべきだった。

だが、エメリーヌに拒絶されてしまったらと怖くて、何度も声をかけようと思いつつ、どうにも二の足を踏んでしまい、物陰から見守るしかなかった。

そんなアルフォンスから、急に呼び出されても驚くどころか怖くなるのは無理もない。

自分は彼女に逃げ出されても仕方ないと思いつつ、どうしても諦め切れなかった。

(どれだけ罵られてもいい。エメリーヌが戻ってきてくれるのなら、今度こそきちんと誠心誠意謝る!)

彼女が他の男に目移りしても、幸せを願って送り出すなんてとてもできない。

今やエメリーヌ自身が、アルフォンスにとってなくてはならない幸せなのだ。

「クロエ、すまないが待っていてくれ!」

客人に短く告げ、アルフォンスはすぐに駆け出した。

11　卑劣な男と毒の花

エメリーヌを乗せた馬車は、しばらく走った後で止まった。

縛られて板張りの床に転がされての馬車は最低の乗り心地で、随分と長く感じたが、おそらくまだ王都の中であろう。

「中に運べ」

ダニエルの冷酷な声が聞こえ、視界が閉ざされている中で誰かに担ぎ上げられる感覚がした。

（どこに連れて来られたのかしら……）

不安で仕方がない。

重そうな扉の開く音とともに、むせ返るような香水の匂いが、布袋越しにも伝わってきた。

ドサリと荷物のように落とされ、硬い床に全身を打ちつけられる痛みに、エメリーヌはくぐもったうめきを漏らす。

わざとらしい優しげなダニエルの声がして、顔にかぶせられていた袋が一気に剝がされた。

「っ！」

急に暗闇から明るい光の中に引き出され、エメリーヌは顔を顰めて何度か瞬きをした。

やがて光に目が慣れ視界に飛び込んできたのは、派手な調度品で揃えられたホールだった。

金箔を張ったチェストや長椅子がバランスよく置かれ、一抱えもある極彩色のガラス花瓶には、色とりどりの枝花が活けられている。

こちらを眺めてにやにやしているダニエルの左右には、複数人の屈強な男がいた。

黒いかっちりとした上着で一応の礼装をしているが、いずれも屈強な男で人相も悪い。

護衛というよりも、いかにもガラの悪い用心棒といった風合いだ。

しかし、男たちはなぜかエメリーヌを見てやや動揺しているようだった。

「ダニエル様。コイツは着ているものも立派だし、どこかの貴族令嬢では？」

用心棒の中で一人だけ赤い蝶ネクタイをしている男が、恐る恐るといった調子で尋ねた。

「ああ。だが、問題はない。コイツは婚約者と揉めて自分で飛び出してきた大馬鹿者だ。身元もわかっているし、実家の方向の馬車に乗ったとか適当に嘘の証言を流せばいい。世間知らずの貴族娘が一人旅の途中で野盗にでも攫われ行方不明……なんて、ありそうな話だろ

「はぁ……なるほど」

赤い蝶ネクタイの男は、若干納得しかねるといった様子だったが、ダニエルに遠慮をしたのかすぐに頷いた。

「俺は用事があるからすぐに出なければいけない。コイツのことは任せた。奴らの仲間入りをさせてやってくれ。初の貴族娘ならそれなりの値をつけられるだろう」

ダニエルが言い、ホールの上に視線を移す。

つられてエメリーヌも上を見上げると、吹き抜けになったホールの二階部分の回廊に、露出の高い衣装を着た複数人の女性がいた。

女性たちはそっぽを向く者もいたり、気の毒そうにこちらを見ていたりする者もいるが、誰の目にも深い絶望が宿っている。

そして多くの女性が包帯や眼帯をして、明らかに酷い怪我を負っている風だった。

（え……）

その中で、こちらを見ている女性の一人に見覚えのある顔を見つけ、エメリーヌは目を疑った。

胸元を大きく露出した服を着て派手な化粧をしているが、間違いない。婚礼衣装を作る仕立屋の下で働いていた助手の女の子だ。

彼女も腕に包帯を巻いており、エメリーヌと視線が合うと、辛そうな表情を浮かべてそっと目を逸らした。

「さ、ここならいくら叫んでもいいよ」

ダニエルが猿轡を解き、エメリーヌの肺にようやく新鮮な空気がどっと送り込まれた。

「ケホッ……はぁ……はぁ……ダニエル様……もしや貴方が誘拐事件に関わっていたのですか⁉」

エメリーヌを捕らえた時の手慣れた様子といい、行方不明だった仕立屋の助手がここにいる状況といい、考えられるのはただ一つだ。

「おやおや。どうしようもない馬鹿な箱入り娘だと思ったけれど、一応は脳みそがあるようじゃないか。正解だよ」

ダニエルがにんまり笑い、小馬鹿にするようにパチパチと拍手をした。

「茶化さないでください！　守るべき民を害するなんて貴方に貴族の誇りはないのですか⁉」

激情に駆られて叫ぶが、ダニエルは薄ら笑いを崩さない。

「卑しい妾腹の男の婚約者に、誇りがどうこう言う権利はない」

「な……っ」

あまりにも酷い言葉に絶句した。

アルフォンスは確かに妾の子だが、それは彼の家の事情によるものだ。彼も、妾になった彼の母も、恥じることは何一つしていない。

そう言い返そうとしたが、ダニエルが再び口を開いた。

「マニフィカ家だったか？　つまらない田舎貴族の娘ならお似合いだと思うけれど、あの男が楽しそうにしていると、それだけで癪に障る」

「っ……だ、だから、あんな嘘を……？」

「君もあっさり信じたところをみると、アルフォンスを大して信用していなかったのだろう？　その程度の仲だったというだけじゃないか」

痛いところを突かれ、エメリーヌは口籠った。

悔しいが、その通りだ。

自分に愛されている自信がないとはいえ、そもそもアルフォンスがそんな不誠実な人ではないと信じるべきだったのに。

でも、後悔したところでもう遅い。

「ここはね、特権階級だけが利用できる、会員制の特別な娼館なんだ」

ダニエルがしゃがみ込み、エメリーヌの顎に手をかけて顔を持ち上げる。

「普通の娼館では禁止されている行為も、ここでは自由にできる。娼婦をどれだけ痛めつけても外に漏れる心配はない。……自分の婚約者が娼婦になって骨の数本も折られたと知ったら、アルフォンスはどんな顔をするかな?」

「っ!」

囁かれたおぞましい言葉に、エメリーヌは引き攣った悲鳴をあげた。

そんなエメリーヌを満足そうに眺め、ダニエルはくっくと喉で笑う。

「君も、より痛い目を見たくなければ大人しく従うことだね。ここには憲兵の調査も入らないようにしてあるし、逃げ出そうなんて考えない方がいい」

そう言うとダニエルはエメリーヌの手足を縛っていた紐をようやく解いた。手足の縛めも解かれ、指先にジンジンと血が巡っていく。

「……アルフォンス様なら、きっといつか貴方の悪事を暴きます」

ジンジンと痛む手首を摩り、エメリーヌはダニエルを睨んだ。

アルフォンスは王都での誘拐事件について、できるだけ早く解決できるよう周囲と協力しながら尽力していると、前に話してくれた。

当然ながら捜査について詳しいことは教えられなかったが、有能な彼が指揮を執っているのなら、きっとここを摘発できるはずだ。

そう言った瞬間、ダニエルの秀麗な顔が激しく歪んだ。

「黙れ黙れ！　元はと言えばアルフォンスが全て悪い！　恨むのなら、せいぜいアイツを恨むんだな！」

エメリーヌの襟元を摑んで真っ赤になってそう叫ぶ。

「なっ⁉　どうしてアルフォンス様が……っ⁉」

二人の間に何があったのかはわからないが、いくらなんでもこんな犯罪を犯す理由にはならないはずだ。

「フン。お前に言う必要はない。ここは特権階級の遊び場だと教えただろう？　憲兵の捜査や庶民の証言なんていくらでも揉み消せるんだよ」

ダニエルは大きく肩で何度か息をすると、気を取り直したようにそう鼻で笑い飛ばした。

「さて、俺はこれから用事があるから。あとはここの客が相手をしてくれるよ」

そう言ってにやりと笑う。エメリーヌはサッと蒼褪めた。

「お願いです！　それだけはやめてください！」

「おやおや。君にはもう何を言う権利もないということを、まだ教え込まなくてはいけないかな？」

ダニエルが拳を固めて腕を振り上げ、ぶたれる痛みを想像し反射的にエメリーヌは目を瞑る。

「ひっ……！」

だが、こうなったのも全て、アルフォンスを信じなかった自分のせいだ。

そう覚悟を決めようとした時だった。

扉の向こうから複数の悲鳴と怒声、そして大きな音がしたかと思うと、瀟洒な扉が蹴破られたように開かれた。

「エメリーヌ！」

群青の綺麗な瞳をした彼を見た時、都合のいい夢かと思った。

しかし、飛び込んできたのは間違いなくアルフォンスだ。その後から一頭の立派な馬が入ってくる。

「アルフォンス様……」

呆然と呟いたエメリーヌとは裏腹に、ダニエルは悪夢でも見たかのように真っ青な顔で震えている。

「なぜ、お前がこんなに早く……」

その呟きはひどく小さくて、彼と至近距離にいるエメリーヌにしか聞こえなかっただろう。

まるで、アルフォンスがいずれここに来ることを予想していたような言動に疑問を抱くも、今は考えている余裕はない。

「この建物が怪しいとは、以前から目星をつけていた。お前が関わっているとなれば、他の貴族の犯罪への関与もすぐに露呈するだろうな」

引き攣った顔で喚くダニエルに、あくまでも淡々とアルフォンスは答える。

しかし、その声はエメリーヌが一度だけ聞いたことのある――叔母夫婦とコルベルを威圧した時よりも、もっと恐ろしく殺気に満ちた声だった。

「ひぃっ！」

先ほどまでの余裕はどこへやら、ダニエルは思わずといった風に悲鳴をあげたが、すぐに状況を理解したらしい。

すなわち、駆け込んできたのがアルフォンスのみで、自分の周囲には屈強な用心棒がいるのだと。

「くっ……おい、お前たち！　その男を捕まえろ！」

顔色を青くしたダニエルの命に、男たちが剣を抜く。

しかし、アルフォンスは素早く剣を抜き放つと、目にも留まらぬ速さで男たちを斬り捨てていく。

「うわぁあああ！」

「ひっ！　ぎゃぁあああ！」

一閃ごとに悲鳴があがり鮮血が散った。

武芸に無縁のエメリーヌでもわかる。アルフォンスの剣技は神業の域にまで達しているような、人の限界を越えた美しさがある。

だが、その力は人を殺傷するためではなく、守るためにあると今のエメリーヌには理解できる。

一方で、馬も相当に訓練されているのだろう。斬りつけようとしてきた男たちを蹴飛ばしたり、嚙みついたりと大活躍だ。

二階にいた女性たちは悲鳴をあげてどこかに逃げ去り、大混乱となった。

生き残った黒服の男たちも、とても敵わないと思ったのかほうほうの体で逃げていく。

「く、くそっ！」

悪態をつき、ダニエルがエメリーヌに手を伸ばした。人質にしようという魂胆だろう。

しかしエメリーヌは床を転がるようにしてなんとかその手から逃れ、ホールの一角に向けて走り出した。

目指したのは、この煌びやかなホールでも一際目を引く、極彩色の花瓶だ。

無我夢中で手を伸ばし、花瓶から桃色の花をつけた枝を引き抜く。

「これで、その汚い口を塞いで！」

水滴を滴らせたその枝の切り口を、こちらに突進してくるダニエルの口めがけて突っ込んだ。

「グッ！　がはっ！」

狙い通り、濡れた枝の切り口はズボッとダニエルの口に突っ込めた。

しかし、非力なエメリーヌにダニエルが力で勝つなど簡単なことだ。

彼は顔を顰め、すぐにエメリーヌの手を引き剝がして枝を吐き出す。

「ハッ、せめてもの抵抗のつもりか……ぐっ⁉」

突如としてダニエルが喉を押さえて膝をつき、ヒューヒューと笛のような息を吐き出し始める。

エメリーヌはそんな彼を、冷ややかに見下ろした。

「この花の木は見かけこそ綺麗で普通に触るだけなら問題はないけれど、樹液のつけられた水は即効性の猛毒になる。最悪は死に至るわ。見栄えだけはよくて中身は猛毒の貴方と同じよ」

「な、なんだと……ゲホッ！　ガハッ！」

ダニエルは喉に指を突っ込んでなんとか毒を吐き出そうとしたようだが、どんどん顔色が悪くなっていく。

マニフィカ領でも、この綺麗な花を咲かせる木は何本もあり、子どもが近づかないよう厳重に管理されていた。

毒には即効性があり、花と小枝を集めて煮詰めれば鼠さえいちころで退治できる薬になるから、猛毒の木なのに重宝されていたのだ。

「ほら。だんだん全身が痺れてきたでしょう？　動き回ると余計に毒が速く回るわ。すぐに病院で適切な処置をしなければ手遅れになるわよ」

本当は、切り口についた水を少し飲んだくらいでは死んだりしない。花びらを大量に食べたり、よほど身体が弱っているか幼児でもない限り、数時間で痺れや呼吸の苦しさは消える。

ただ、こう言っておけば大人しくさせられるかと考えたのだ。

「ぐっ……解毒法を……教えるんだ……ギャッ！」

震えながらエメリーヌを掴もうと手を伸ばしたダニエルだが、その脳天に鞘に入ったアルフォンスの剣が叩きつけられる。

今度こそダニエルは白目を剝いて昏倒してしまった。

「エメリーヌ！　無事か⁉」

「は、はい……」

駆け寄ってきたアルフォンスの後ろには、完全に気絶して倒れ伏している男たちと、得意そうにいななないている馬の姿が見える。

「っ！　頬が腫れているじゃないか」

「あ……これは、少しぶたれただけです」

白状すると、アルフォンスが気絶しているダニエルをギロリと睨んだ。

「どのみちこいつは終身刑か死罪だ。今ここで斬り捨てても……」

「だ、だめです！　大したことはありませんから！　それにこの毒だって、数時間経てば勝手に消えます」

慌てて彼を押しとどめた時、外で鋭い笛の音がした。

「ようやく警備隊も到着したようだな」

アルフォンスが言うと同時に、武装した警備隊の一団が戸口からなだれ込んでくる。

彼はエメリーヌに少し待っているように告げ、隊長らしき人物と何やら少し会話をしていた。その直後に警備兵が倒れているダニエルに飛びかかるようにして縄で拘束したので、医者はいらないとでも告げたのだろう。

そして警備隊との話を終えて戻ってきた彼は、強張った表情でエメリーヌに手を差し出した。

「詳しいことは帰り道で説明する。ひとまず屋敷に戻ろう」

「え……」

エメリーヌは戸惑う。

「ですが、その……私は勝手に抜け出したりしましたのに……」

「その件についても、後でしっかり聞かせてもらいたい。俺に何か不満があれば全部直すので、どうか大人しく一緒に帰ってくれ」

手を差し出したまま深々と頭を下げられてしまい、慌ててエメリーヌは首を横に振った。

「そ、そんな！　私が騙されていただけで、アルフォンス様に悪いところなど一つもなかったのです！」

正直に告げると、ずっと厳しい顔をしていた彼が、ホッとしたように表情を緩めた。

「そうか……俺が嫌でないのなら、遠慮なく連れ帰らせてもらうぞ。愛しい婚約者殿」


――アルフォンスの乗ってきた馬は浅い切り傷を負っていたので獣医に診てもらうらしく、エメリーヌたちは警備隊の用意してくれた馬車で屋敷に戻ることになった。

帰りの馬車の中で、アルフォンスはどうしてエメリーヌの居場所がわかったかを教えてくれた。

元々、彼は王太子リシャールと協力して連続誘拐事件を探るうちに、あの娼館が怪しいと判明したらしい。

先日エメリーヌが市場の帰りで見かけた時、アルフォンスが行商人に扮していたのは、その極秘調査のためだった。

そして捜査線上に上がってきたのが、まさかのダニエルだったという。

彼は名門侯爵家の嫡男で何不自由ない人生を送ってきたはずだったが、しばらく前から闇賭場にはまり、多額の負債を作ってしまった。

王宮勤めをしているのに今一つ地位が上がらないとか、それに引き替え妾腹と見下していたアルフォンスは王太子の右腕として頭角を現している鬱屈からか……。本当の理由は本人にしかわからないが、とにかくダニエルは道を踏み外していた。

名家の嫡子とはいえダニエル自身が当主となったわけでもなく、厳格な両親に知られたらただでは済まない。最悪の場合は縁戚から養子をとられ、勘当されるという未来もあり得る。

そこで焦ったダニエルは、賭場のオーナーが経営しているあの娼館に協力することで、借金を帳消しにしてもらうことになった。

目立たない馬車で下町を移動しながら、そこで目をつけた女性を言葉巧みに誘い込み、娼館に連れて行っていたらしい。

しかしアルフォンスたちが決定的な証拠を掴むのに苦戦しているうちに、ダニエルも自分が疑われていることに気付いたのだろう。

「――あいつが国外逃亡の準備をしているのも知っていた。狡賢いあいつのことだから、最後に俺の婚約者を攫って娼館に売ってから自分だけ逃げ、他の関係者に罪を擦り付けるつもりだったのだろう」

「なんて酷い……」

エメリーヌが呟くと、アルフォンスが気まずそうに咳ばらいをした。

「俺ももっと早くダニエルを逮捕できなかったのを後悔している。エメリーヌを無事に奪還できたのも、花売りの母子のおかげだしな」

「……花売りの母子、ですか？」

「ああ。ちょうどエメリーヌが馬車の窓から叫んだのを目撃したらしい。エメリーヌは何度かポプリ用にあの母子から花を買っていたのだろう？　急いで屋敷まで来てくれた時に、ちょうど探しに行こうとした俺と会い、馬車の特徴と向かった方角を教えてくれたんだ」

「そんなことが……」

初めて花を買った日から、何度か市場でエメリーヌは花売りの母子と会い、ポプリ用に野花を購入していた。母子は野花に詳しく、咲いて数時間以内にポプリにしないと香りが落ちる希少な花を摘み、わざわざ侯爵家に届けてくれたこともある。

それがまさかこんな風に助けられるなんて……感激でジンワリと胸が熱くなった。

「明日にでも、あの母子にお礼を言いに行きます」

「ああ。そうするといい」

「はい。それで……」

そしてエメリーヌはダニエルから吹き込まれた嘘を信じてしまったことや、屋敷を飛び出した経緯を話し、深々と頭を下げた。

「アルフォンス様を信じなくて……嘘をついてしまって……本当に申し訳ございません」

「そういうことだったのか。俺はてっきり……」

そこまで言いかけて、彼は急に顔を真っ赤にして口元を押さえたが、深く溜息をついた。

「いや、エメリーヌは全て話してくれたのに、俺が誤魔化すのは公平ではないな。実は舞踏会の日、エメリーヌが二人きりで話すうちにダニエルを好きになったのかと邪推していた」

「え？」

思わぬ言葉に目を瞬かせると、彼がバツの悪そうな顔で続ける。

「性根はともかくとして、ダニエルは口も上手く女性に大層好かれる容姿だからな。エメリーヌから婚約破棄を切り出された時、あいつの名前が出たので激高してしまった」

アルフォンスの目が、真っ直ぐエメリーヌを射貫く。

「エメリーヌを愛している。だから、誰にも渡したくなかった」

「っ！」

思わず耳を疑った。

愛している、だけならば家族としての親愛かと不安だったけれど、今アルフォンスは確かに『誰にも渡したくなかった』とも言ってくれている。

「そ、それは……一人の女性として、あの……愛情を向けられていると思ってよいのでしょうか？」

不安と期待をないまぜにしながら、恐る恐る尋ねた。

「勿論だ。結婚を申し込んだ相手に対し、それ以外に何がある？」

逆に、心底不思議そうに尋ね返され、言葉に詰まった。

「それは……なんと言いますか……アルフォンス様は私の両親と旧知でしたし、そこで一人になってしまった私を見かねて、保護者感覚で求婚してくださったのかと……」

しどろもどろになりながら伝えると、アルフォンスは顎が外れそうなほど大きく口を開けてポカンとしていた。

「ち、違う！　保護者感覚などではない。エメリーヌだから求婚したんだ！」

アルフォンスに抱き寄せられ、至近距離で視線が合う。

「俺は君を愛しているから求婚した。不謹慎だが、ご両親の葬儀で成長した君を見て、その気高い美しさに一目惚れをしたんだ。信じてくれ」

「は、はい……」

じんわりと胸にこみ上げてくる温かな気持ちは、確かに親愛よりも大きく、しっかりと強い力を持っている。

感極まり、エメリーヌの目の端からポロッと涙が一粒零れた。

「私も……正直に言えば『お兄様』のことはあまり覚えていなかったのです。でも、アルフォンス様として出会ってから、どんどん貴方に惹かれていきました。……愛しています」

「エメリーヌ……」

熱の籠った呼びかけとともに、アルフォンスの顔が近づいてくる。

馬車の中では二人きり。そっとエメリーヌが目を閉じると、すぐに唇が塞がれる。

互いの唇の形を確かめるように、何度か角度を変えながら触れ合い、ちゅっと音を立てて離れて行った。

目を開けると、顔を真っ赤にしたアルフォンスが愛しげにエメリーヌを見つめている。だが、その表情が不意に曇った。

「それでも先日の舞踏会の後、俺がした乱暴な行為は到底許されるものではない。本当にすまなかった」

「そんな！　そもそも、騙された私が愚かだったのです」

「しかし……」

アルフォンスが反論しようとした時、ちょうど馬車が屋敷に着いた。

「まずは傷の手当てをして、それから従妹（いとこ）に会ってくれ」

馬車を降りるエメリーヌに手を貸しながら彼が発した言葉に、また耳を疑った。

「従妹⁉　では、今日お連れになった女性は……」

「ああ。母の末の妹の子でクロエという。今まで母の故郷の辺境で暮らしていたが、年頃になったので王都で婚活をするつもりらしい」

「そ、そうだったのですね……」

「先日の舞踏会でエメリーヌに紹介するつもりだったが、叶わなかったからな。今日会えるのを楽しみにしているんだ」

己のとんでもない勘違いに、顔から火が出そうだ。

エメリーヌの顔が真っ赤になったのを見て、アルフォンスが焦ったような声をあげた。

「ぶたれたところの赤みがひどくなっているじゃないか！　額も赤いし熱が出たのかもしれ

ない！　すぐに医者を呼ぼう！」

「い、いえっ！　これは違います！」

慌てて否定するも、アルフォンスは聞く耳を持ってくれない。

結局、屋敷の者にも熱ではないと説明してもらい、頬に炎症を鎮める軟膏を塗るだけにしてもらった。

勿論その時にエメリーヌは、屋敷の使用人たちにも迷惑をかけたことを、心から謝罪した。

皆、事情を聞くと許してくれた上『驚いたけれど、次は相談してください。場合によっては協力しますから』などと言ってくれる者までいた。

どうやら使用人たちは、ここ数日の軟禁状態をエメリーヌが腹に据えかね、ちょっとした反抗心で飛び出したのだと思っていたらしい。

そんなこんなで随分と待たせてしまったが、ようやくエメリーヌは汚れたドレスを着替えて応接間に入った。

「大変お待たせして、誠に申し訳ございません」

どんなに怒られても仕方がないと、せめて誠心誠意謝罪をしたが、帰ってきたのは意外にも明るい声だった。

「急に押しかける無礼をしたのはこちらですもの。どうかお気になさらないで」

恐る恐る頭を上げると、アルフォンスの向かいに座ったクロエが、こちらを見て微笑んでいた。

今日の彼女は黒髪と小麦色の肌に映える明るいターコイズブルーのドレスを着て、意志の強そうな紺碧の瞳がこちらを真っ直ぐに見つめている。

こうして見ると従妹だけあり、彼女はどこかアルフォンスに似ていた。

舞踏会の日だって、きちんと彼女を紹介されていれば、似ているのはすぐにわかったはずだ。

「アルフォンス兄様から手紙で散々貴女のことをノロケられていたから、会えて嬉しいわ……あ、失礼だけれど気楽に話してもいいかしら?」

立ち上がって握手を求めてきた彼女に、エメリーヌも自然と笑顔になって手を差し出す。

「ええ。こちらこそ、お会いできて嬉しいわ」

しっかりと握手をすると、クロエが長椅子に座っているアルフォンスを振り向いた。

「それでアルフォンス兄様、きちんと仲直りはできたの?」

「……ああ。俺のとんだ勘違いだった」

肩を竦めたアルフォンスの隣にエメリーヌは座り、クロエは向かいの椅子に腰を下ろす。

話を聞いたところ、クロエの母の実家——つまりアルフォンスの母の実家は、破産寸前の貧乏貴族だったが、バラデュール侯爵家と関係を持ったことでなんとか持ち直したそうだ。

今ではアルフォンスが支援をしているとはいえ、クロエの両親が起こした事業も軌道に乗り、娘を王都に送り出せる程度の経済力は持てるようになったという。

おそらく、これらの情報はバラデュール家の付き合いを記した冊子が完全であれば、もっと早くエメリーヌも知れていただろう。

しかしアルフォンスの母に関する情報が前侯爵夫人により全て破棄され、アルフォンスもあえて母の情報をまた名簿に書きたがらなかった。

そして何よりエメリーヌも、余計なことを言ってアルフォンスに嫌われてしまったらと怖くて、彼の母の情報が抜けた記録冊子については何も聞けなかったのだ。

そして、ダニエルがエメリーヌとアルフォンスを仲たがいさせようと適当についた嘘が、信じられないほどの悪いタイミングで嚙み合ってしまったということになる。

「――舞踏会で久しぶりに会った時、アルフォンス兄様ってばこっちが恥ずかしくなるくらいにエメリーヌさんのことをノロケていたのに、次の日に所用で会ったら死にそうな顔をしているんだもの」

クロエが呆れたとばかりの視線をアルフォンスに投げかけると、彼はさっと目を逸らした。

「そっ、それは……」

「さてはエメリーヌさんと何かあったなと思って聞いてもはぐらかしてばかりで、らちが明かないから無理やり紹介してもらうことにしたのよ。純粋に紹介してもらいたかったのもあるけれど、直接会って話せば何かわかるかもしれないと思って」

「そうだったの……心配をおかけしました。ありがとうございます」

心から反省して、エメリーヌは頭を下げる。

多少の嫉妬心は恋愛のよいスパイスになると、どこかで読んだ覚えがあるけれど、やりすぎてはだめだ。今回は本当にそれを痛感した。

「どういたしまして。これでもう安心ね。二人の幸せな結婚式を楽しみにしているわよ」

くったくなく笑うクロエの言葉に、エメリーヌとアルフォンスは思わず顔を見合わせ、赤面した。


その後、クロエが帰ると、アルフォンスは休日だったにもかかわらず城に行くことになった。

例の摘発された娼館やダニエルを始めとした首謀者についての処理をするためだ。

遅くなるだろうから先に眠っているようにと言われたが、どうしてもそうする気になれず、エメリーヌはそわそわと寝室を歩き回っていた。

そして時計の針が随分と遅い時間を指した頃、静かに寝室の扉が開いた。

「エメリーヌ、起きていたのか」

着替えて寝室に入った彼が、まだ起きているエメリーヌを見て驚いた顔をする。

「はい……なんだか寝つけなくて……」

正確に言えば、今夜はアルフォンスが来てくれるか不安で眠れなかったのだ。

「エメリーヌ」

アルフォンスが真剣な顔でエメリーヌの前に膝をついた。

「謝って済むことではないが、先日はすまなかった。二度と乱暴な真似はしない。それでもエメリーヌが怖ければ、寝室も分けよう」

「えっ！」

「力で押さえ込むなどして、エメリーヌが俺を怖がるのも当然だ」

「ちっ、違います！」

慌ててエメリーヌは首を横に振った。

「私が勝手に家を出たのは他の理由だったと申したではありませんか。アルフォンス様を怖いと思ったことはありません！」

きっぱり宣言すると、アルフォンスが目を丸くした。

「……本当か？」

「はい」

エメリーヌは頷き、アルフォンスの耳元にそっと口を近付けた。ドキドキしながら頬を染めて素直な想いを告げる。

「アルフォンス様を愛しています。だから、これからも一緒にいてください」

彼の耳元から顔を離そうとしたが、アルフォンスの腕が素早く伸びてきて、強く抱きしめられた。

「ああ、勿論……俺の方こそ……っく……エメリーヌと生涯一緒にいたい！」

小さく答えた彼は、少し涙声だった。

世の中には葬式以外で大人の男性が泣くのはみっともないと考える人もいるようだが、エメリーヌはそうは思わない。

悲しい時だけでなく、嬉しくて泣けてくることもある。今はその涙だと感じる。

そして彼がエメリーヌに対し、涙を見せるほどの感情を抱いてくれるのは、この上ない幸せだ。

「エメリーヌ……愛している」

唇を塞がれ、ぬるりと侵入してきた熱い舌に口腔を貪られる。

「んっ、んぅ……」

何度も角度を変えて舌を絡ませ合い、ゾクゾクと背筋が震えた。

彼の『愛している』は、エメリーヌの欲してやまなかった意味だったのだ。

それだけで恍惚として脳髄が痺れ、気付けばエメリーヌも「愛しています」と、何度も夢中で訴えていた。

そっと寝台に横たえられ、普段よりいっそう優しく寝衣を脱がされる。

頬に落とされた優しい口づけが、顎に、首筋にと降りていく。心地よさに自然と瞼が閉じ、溜息のような吐息が零れた。

白い肌が露にされ、下穿きまで取り払われて一糸まとわぬ姿にされると、アルフォンスも手早く自分の衣服を脱いだ。

体重をかけないようにそっとアルフォンスが覆いかぶさってきて、素肌の触れ合う感触にゾクゾクした愉悦が湧き上がる。

「ふ……」

乳房をやんわりと揉みしだきながら首筋を舐められて、エメリーヌは小さく息をつく。

熱っぽく彼を見つめると、その意図を汲み取ったように唇が合わせられた。

深く口づけられ、熱に浮かされた頭が何も考えられなくなっていく。

「ん……あ……」

耳や首筋に何度も口づけられながら、乳房をやんわりと揉まれて、時おりいたずらに唇と舌でくすぐられる。

「あぁっ」

硬くなった胸の先端を摘まれると同時に、耳元で囁かれる。

「可愛い……愛しくてたまらない」

欲情を宿した声に聴覚を犯され、クラリと眩暈がするほど感じてしまう。

身体を駆け抜けた興奮そのままに、甘く鳴きながら彼の背中に手を伸ばした。

「ああんっ」

「きゃ……あっ！　あぁっ！」

乳輪ごと口に含まれて執拗に舐め回され、背筋をゾクゾクとした快感が這い上がる。

「あぁ……あぅ、あん……はぁんっ」

もう片方の胸も揉まれて、指先で敏感な突起を転がすようにいじくられる。あまりの快感に気がおかしくなりそうだった。

耳朶を甘噛みされ、そのまま食まれたり吸われたりして熱い息を吹きかけられると、身体の力が抜けていく。

「はぅん……」

その隙に、右手が太腿を這い、大きく脚を開かされた。

「あぁっ……」

剝き出しの秘所は熱く火照っていて、外気までひんやりと感じる。

彼の手が巧みに動く。陰核をそっと撫で摩り、指先で押し潰しながら首筋から肩へ唇を這わせる。

「ひゃっ、あ、あ……はんっ」

小さな突起を指先でもてあそんでいたかと思うと、今度は太腿を撫で回す。

「ああ……やだ……あん……」

時おり乳房にも唇を寄せられると、感じすぎてたまらなかった。

アルフォンスと触れ合う全てが気持ちいい。無意識のうちに、強請るように自ら脚を広げていた。

「気持ちいいか？　ここは？」

耳朶を食みながら、一番敏感な部分をそっと撫でられる。

そこはドロドロに溶けそうなほどに濡れており、愛液を指で掬った彼の巧みな愛撫と、甘くて痺れるような囁き声に、頭の芯まで蕩けてしまったかのようにぼうっとしてくる。

「き、気持ちいいです……」

羞恥をこらえて答えると、アルフォンスは満足そうに頷いた。

彼の指先が敏感な部分を更に上下に扱き始める。エメリーヌは睫毛を震わせて、熱い吐息を立て続けに零した。

「は……はぁ……」

「エメリーヌは本当に感じやすいな。ほら、ここもうこんなになっている」

指先で触れていた部分を見せつけるように、彼の指が蜜にまみれた入り口を開く。

「やっ……」

恥ずかしさに思わず顔を紅くし、エメリーヌは両脚を閉じようとしたが、膝裏を掴まれて左右に開かれた。

そして恥ずかしいほど濡れそぼった脚の間に、ゆっくりと指が差し込まれた。

「や、あんんっ……そこは……っ」

熱く潤った粘膜を押し広げられ、鮮烈な快楽に背筋が反る。

柔らかな場所を傷つけぬよう慎重に抜き差しされるたび、チュプチュプと淫靡な水音が立ち羞恥をあおった。

膣内が十分潤った頃、アルフォンスの指が本数を増やして更に深くまで侵入した。

「ひ、あ……ゃあ……ああっ！」

　バラバラに中で指を動かされ、もうそれだけで達してしまいそうになる。呼吸が荒くなり、絶頂が近付くのを感じていると、急に指が引き抜かれた。

「あ……いやっ！」

　とっさに彼の手を掴んでしまい、我に返っていたたまれなくなる。

　アルフォンスは、そんなエメリーヌの痴態に、満足げに微笑みを浮かべた。

「早くエメリーヌと一つになりたい」

　耳元で囁かれ、ぞくぞくと背筋が震える。

　ヒクヒク震える蜜穴に、熱く硬い肉棒が押し当てられた。グチュリと音を立てて花弁を割り開かれ、そのまま一気に根元まで突き入れられた。

「ああんっ！」

　衝撃にのけぞり、思わず目尻から涙が一筋流れ落ちる。

「痛かったか？」

　心配そうに問われて、涙を浮かべた顔で懸命に首を横に振った。

「よかった……」

「ひぁ……あぁ……っ」

挿入したまま腰を回され、グチュリと繋がった部分から蜜の垂れる音がする。

結合部が立てる恥ずかしい水音とともに、何度も腰を動かされて、すっかり潤った蜜穴が擦られていく。

同時に円を描くように胸を揉まれ、何度も口づけをされる。互いに息が荒くなっていき、エメリーヌもいつしか夢中で自分から口づけを強請っていた。

「あぁ……アルフォンス、様っ」

舌を絡め合い、夢中でキスをしながら下半身を犯されていると、身体から力が抜けていく。

「ふぅ……あ……あ……」

やがて繋がった場所から脳に届くような、甘く激しい衝動が背筋を伝って頭を痺れさせ始める。

「あぁッ……あんっ……」

そして更に強い感覚が背筋を走り、腰が震えて頭の中が真っ白になった。

「あぁぁ……っ!!」

ビクビクと両脚を震わせながら達するとすぐ、熱い楔(くさび)が再び音を立てて中をかき回す。

敏感な膣内を容赦なく突かれて、達したばかりなのにあっという間に快楽が押し寄せてくる。

「あ……ぁあぁぁっ」

「すごいな。吸いついてくる……」

うっとりと呟いたアルフォンスは、次の瞬間思い切り奥を突き上げた。

「ひぁあっ！」

彼がキスしながら激しく腰を動かすので、呼吸すらままならない。

一際激しく突き上げられ、最奥に熱い迸（ほとばし）りを感じた瞬間、エメリーヌの頭の中で何かが弾けた。

「ひぅっ……ぅああ！　ああぁんっ」

身体の奥底から全身に、甘い痺れが走って力が抜けていく。

「はぁん……アルフォンス、様ぁ……」

涙の滲んだ瞳でぼんやり彼を見上げると、優しく微笑まれ、再び深く口づけられた。繋がったままの身体を押しつけられる。

「んぁっ……あぁっ」

中に入ったままの彼を感じるだけで身体の熱が再び高まっていく。その形も、大きさも、体温も、全てが焼きつきそうに熱い。

「嬉しい。これほどまでに俺を求めてくれて」

吐息混じりに囁かれて、エメリーヌは身体をくねらせる。

彼がゆっくりと腰を揺らし始めた。

「あっ……あぁ……」

最初はゆっくりだった動きが、徐々に激しくなり、中に吐き出された白濁液が溢れてきた。

「だ、だめっ……い、今は、まだ……あぁぁんっ！」

達したばかりで敏感になった中で抜き差しされると、再び押し寄せてくる快感に頭の奥が痺れる。

「く……ふぅ……」

眉根を寄せた彼の顔が切なげで、腰の動きが止まると、そのまま口づけをされて、強く抱きしめられる。

そのまま激しく腰を振られて何度も果てるうちに、エメリーヌの意識は朦朧としてきてしまった。

「大丈夫か？」

「え……あ……」

気付くと今度は背後から抱えられ、脚を開かれて再び挿入された。

「あっ！　あああ！」

背後から貫かれる体勢で振り向かされ唇を塞がれたかと思うと、首筋を舐められながら優しく揺すられ、下半身が甘く痺れるような感覚に次第に恍惚感に身体が支配される。

「ん……」

すっかり力が抜けた身体が小刻みに揺さぶられ、結合部がじゅぶじゅぶと卑猥な音を立てた。そのたびに熱がこみ上げてきて、身体の中がジンジンする。

もうこれ以上は無理だと思うのに、気持ちよくてたまらない。

「ああっ……」

敏感になった内部を満たした粘液が律動を速めるたびに溢れ出して、太腿の内側を白く染めていく。

「あんっ……アルフォンス……様っ」

いつもと違う角度から貫かれる感覚に身体がぞくぞくと震え、更に子宮の奥が熱くなってくるのを感じた。

「そんなに可愛い声を出されたら、一晩中抱きたくなる」

「あ……あ……」

これ以上されたらおかしくなってしまいそうだ。しかし優しく口づけられてしまえば抗うすべもなく、甘く疼く身体を必死ですり寄せてしまった。

「んっつ……あぁ、やぁん……」

胸の先端を爪で軽く引っかかれ、耳朶を甘噛みされては何度も貫かれて絶頂を重ねていく。

「あんっ……ぁ、あ」

ゆっくりとした動きで腰を揺らされると、敏感なところにちょうどよく擦れた。

「あ！　あああぁっ……あふっ……ぅんんっ……」

口から甘い鳴き声が勝手に漏れ出し、快感とともに頭が痺れていくような感覚に陶然となる。

「あああぁ……も、もうだめぇ……」

「愛している……」

耳元で囁いた彼から、息が止まるほどの激しいキスをされる。

「んっ！　んんっ！」

激しい口づけに翻弄されながら、深い快楽を知った身体は喜んで迎え入れてしまう。

「ああっ、いやっ、あぁんっ……ああんっ……！」

腰を揺するたびに、子宮口にまで届く肉棒がごりごりと中を擦り上げていき、強い刺激に意識が飛びそうになる。

「あっ、だめっ、また……っ」

目の前で火花が散るような感覚が、もう何度目かもわからない。

「ひっ、あんんっ！　やあぁぁんんっ！」

「……っ！」

同時に彼のモノが中で大きく膨らみ、中の圧迫感が更に増す。

「ん……ぅっ」

彼が何かをこらえるように、汗ばんだ手でエメリーヌをきつく抱きしめながら熱い吐息を漏らした。

「ぅあっ……エメリーヌ……」

切なげな声で囁かれ、思わず胸の奥が熱くなる。

夢中で彼に抱きついた。

アルフォンスと初めて繋がった時と同様かそれ以上の長さで精を受け止め続けていく。

「うっ……はぁ……」

アルフォンスに強く抱きしめられながら、エメリーヌはうっとりと幸せを感じていた。

12　幸せな結婚式

秋晴れの気持ちのいい日。

花嫁控室にいたエメリーヌは、緊張しながら鏡に映る自分を眺め、膨らみかけた腹部をドレスの上からそっと撫でた。

「エメリーヌ様、お加減はどうですか？」

「ええ。もうつわりも収まったし、ドレスも仕立て直してもらえて助かったわ」

心配そうに尋ねるモナに、エメリーヌは笑顔で答える。

今日は、エメリーヌとアルフォンスの結婚式だ。

エメリーヌの誘拐事件から三か月。

例の娼館は潰され、ダニエルを含め犯罪に関わっていた多数の貴族が罪に問われたことで、一時期は新聞も人々の噂話もその話で持ち切りだった。

アルフォンスと王太子リシャールは、この件で関係者の処罰は勿論だが、何よりも被害者の救済に力を注いだそうだ。

彼女たちは完全に被害者なのに『女にも隙があったのではないか』とか『逃げなかったのはその環境が気に入っていたからでは？』など、聞くに堪えない偏見の声は絶えない。

この件で結婚が破談になったり、家族ごと近所から白い目で見られる女性もいたりして、まさに人生を潰されてしまったわけだ。

世間の風潮を変えるのは難しくても、そんな事態をただ放置するのは許されないことだとリシャールが訴え、罪に問われた貴族から没収された多額の財産は罰金として国が徴収するのではなく、被害者へ慰謝料にとして分けられることになった。

勿論、彼女たちが受けた苦痛と被害は、金銭などでは到底贖（あがな）えぬものだ。

それでも腕のいい心の医者にかかったり、遠い地に引っ越して心機一転やり直したりと、金銭があればできることもある。

そしてエメリーヌも結婚式の準備に向けて忙しくしていた時、懐妊が発覚したのだ。

最初の半月ほどはつわりも酷かったが、幸いにもすぐ収まり、婚礼衣装も少しの手直しで済んだ。

何しろ婚約期間の懐妊がめでたいと言われるくらいなので、最初から婚礼衣装も懐妊した時に備えて調整がきくデザインになっているのだ。

おめでとうございますと祝福してくれた仕立屋の隣には、無事に復帰できた助手の女の子もいて、彼女もようやく心の平穏を取り戻しつつあるようだった。

「――エメリーヌ、入ってもいいか？」

控室の扉が叩かれ、アルフォンスの声がした。

エメリーヌが返事をするや否や、扉が開いて白い礼服姿のアルフォンスが入ってくる。

婚礼衣装の彼も相変わらず素敵だ。衣装合わせで何度か見ているはずなのに、毎回エメリーヌはぽうっと見惚れてしまう。

「体調に変わりはないか？　少しでも辛かったら、無理をせずすぐに言うんだぞ」

駆け寄ってきたアルフォンスに、エメリーヌは微笑んで答えた。

「アルフォンス様、そのように心配なさらずとも大丈夫ですわ。お医者様も順調だと仰ってくださったではありませんか」

元から過保護気味だったアルフォンスだが、懐妊が発覚してからというもの、いっそうそれが激しくなってしまった。

屋敷の中を歩く時でさえ、転んでは大変だと抱えて歩こうとしたりする。

アルフォンスの好きにやらせたら、エメリーヌは屋敷に軟禁どころか、部屋の中を歩くことさえできたか怪しい。

結局、妊婦にも適度な運動が必要なのだと医師からこんこんと説教をされ、ようやくアルフォンスの過保護暴走も少しは収まったのだ。

「エメリーヌさんがお元気そうでよかったわ」

不意に涼やかな女性の声が聞こえ、アルフォンスの背後に、紺色のドレスを着た上品な婦人がいるのに気付いた。

「……………おば様……？」

綺麗に結った黒髪にはちらほらと白いものが混じっているが、おぼろげな記憶の中にある優しい婦人の雰囲気と全く同じ人が、そこにいた。

「お久しぶりね。よければこれからは、母と呼んでくれると嬉しいわ」

ふわりと微笑んだ貴婦人に、懐かしさと嬉しさがこみ上げて目の奥が熱くなる。

「お……お義母様……っ！」

涙を零せば、せっかく婚礼用にモナが施してくれた化粧が台無しになってしまう。

必死に瞬きをしたが、それでも両目が潤むのをこらえ切れなかった。

「こんなに素敵な女性になって。まさか貴女が娘になってくれるなんて嬉しいわ」

「っ……」

感激で胸がいっぱいで、上手く言葉が出ない。

両親が亡くなった時、これでもう自分は一人きりになってしまったのだと絶望した。

でも、領地にはエメリーヌを慕ってくれる人がたくさんいて、こうして長く遠く離れても、エメリーヌを覚えていてくれた人だっている。

更に数か月後には、また新しく家族が増える。

「さぁ、そろそろ時間だ。エメリーヌを皆が待っている」

アルフォンスが伸ばした手を取り、エメリーヌは控室の外に出た。

秋を迎えたマニフィカ領では、マリーゴールドの代わりに秋の花々がいい香りをさせて咲き誇っている。

そう。アルフォンスは結婚式を、エメリーヌの両親が眠る教会で行おうと提案してくれたのだ。

参列席にはマニフィカ領の人々と、王都からはるばるやってきてくれたアルフォンスの同僚がひしめき、歓声をあげる。

数え切れないほどの『おめでとう』を浴びながら、エメリーヌは最愛の人と祭壇までの道を歩き出した。

両脇に美しい花が敷き詰められた細長い絨毯の先では、馴染みの司祭がにこやかに祈禱書を広げている。

昔から、将来の自分はいつかこの教会で結婚式を挙げるのだと思っていた。

でも、空想での相手の顔はいつだってぼやけていて、漠然とただ、結婚はしなくてはいけない義務のようなものだと思っていた気がする。

そして両親を亡くしてからは、爵位のためにも結婚が必須となったというのに、そんなことなど考える余裕もなかった。

あの頃の自分に話しかけることができたら、きっと自分はこう言うだろう。

――貴女は立ち直れる。世界で一番素敵な最愛の人と結ばれて、この道を歩けるのよ。

ヴェールの下から、そっと隣を歩くアルフォンスを見上げると、彼と目が合った。

「自分がこれほど幸せな結婚式をできるとは思ってもいなかった。頑張って生きればこんな幸せが待っているのだと、過去の俺に教えてやりたい」

素早く耳元に口を寄せ、囁かれる。

「アルフォンス様……私も、以前の自分に同じように言いたいと考えていました」

もし両親が生きていた状態でアルフォンスと再会しても、きっと自分は彼に惹かれていた。

こうして結ばれていたと信じている。

司祭のところに着き、誓いの言葉が読み上げられ、二人で迷いなく結婚証書にサインをした。

教会のステンドグラスから虹色の光が降り注ぎ、エメリーヌたちを優しく照らす。

――おめでとう。

――幸せにね。

どこからか、懐かしく優しい声が光とともに降ってきたような気がした。

あとがき

こんにちは、小桜けいです。

このたびは本書をお手に取っていただきまして、誠にありがとうございます。

本書は幼少期に出会っていたヒロインとヒーローの再会もので、私の大好きなシチュエーションの一つです。

エメリーヌは完全に箱入り娘で打たれ弱いところがありますが、自分が優しく愛された分だけ他の人にも優しさを与えられるヒロインにしたいと思って書きました。

一方でハードな生い立ちを背負ってきたヒーローのアルフォンスが、初恋に浮き足立っていたところを書くのも楽しかったです。

私自身はズボラなので部屋の模様替えなど滅多にしませんが、エメリーヌのようにセンスのいい模様替えができたら楽しそうですね。

物語は二人の結婚式で終わりますが、この後は子どももできて幸せな家族を作ってくれればと思います。

そんな風に本書の主人公たちは大好きなのですが、しかし私が一番気に入ってしまったのは、実は脇役のリシャール王子です。

普段はヘラヘラしているけれど、やるときはやる子が好きなので！　きっと彼は嫁をもらう際にも一波乱あり、アルフォンスも協力するのだろうなとか、いろいろと考えてしまいました。リシャールは立場上、政略結婚になる可能性が大ですが、彼なら要領よく好きになった女性を政略結婚の相手に選んで全力で口説きにいきそうですね。

さて、そんな本書に素晴らしいイラストを描いてくださいましたのはwhimhalooo先生です。ヒロインのエメリーヌは可愛らしく、ヒーローのアルフォンスは凛々しく。さらに私の贔屓（笑）しているリシャール王子も理想そのものの完璧な姿で描いていただけました。

特に、エメリーヌとアルフォンスの幼少期のイラストが可愛らしくて大好きです。

whimhalooo先生はもちろんのこと、今回から初めてにも関わらずとても親身になってくださいました担当さま。本書の製作、販売に関わってくださいました関係者各位、このたびは本当にありがとうございました。

最後に、この本を読んでくださいました皆様に、心よりお礼申し上げます。

どうかこの物語を少しでも楽しんでいただけましたら幸いです。

攫われ溺愛婚

～みなし子令嬢の旦那様は十年来のお兄様侯爵でした～

Vanilla文庫

2024年10月20日　第1刷発行　定価はカバーに表示してあります

著　者　小桜けい

装　画　whimhalooo
発行人　鈴木幸辰
発行所　株式会社ハーパーコリンズ・ジャパン
東京都千代田区大手町1-5-1
電話　04-2951-2000（営業）
0570-008091（読者サービス係）
印刷・製本　中央精版印刷株式会社

Printed in Japan ©K.K. HarperCollins Japan 2024 ISBN978-4-596-71479-4